Encontrados

LARANJA ● ORIGINAL

Encontrados

Leonor Cione

**Prefácio
Rodrigo Petronio**

1ª Edição, 2023 · São Paulo

A escrita de gaia

**Prefácio
Rodrigo Petronio**

Encontrados é uma vila e, ao mesmo tempo, um particípio passado e a consumação de uma busca. A fenomenologia do verbo *encontrar* designa uma condição e um fim. Traz também como um de seus aspectos o seu oposto: *perder*. Como em uma promessa, em *Encontrados* se unem todos e tudo que um dia estiveram perdidos? Encontrados seria outro nome para salvação? Ou encontrar uma linha de vida é necessariamente perder as demais? A consumação da busca que encontra o seu objeto é a consumação da própria busca, o encontro de si e em si mesmo? As bifurcações proliferam nessa prosa densa, madura, cheia de veios e vãos, feita dos odores do mundo e da escrita. Nesse entrelugar delicado e fugidio, emaranhado nas ambiguidades do desejo e nas ambivalências de nossos atos livres se situa este romance de Leonor Cione.

Em uma primeira linha narrativa, seguimos a viagem de Flora aos limiares de um novo mundo. A secção entre os dois mundos é clara. A opção pela aventura em direção ao novo se identifica com a escolha pelo retorno à ancestralidade, perdida pelos modos de vida modernos. Jamile e Marcio preferem voltar à vida conhecida. Flora, não. Como nas jornadas de aventura, atravessa o primeiro limiar. Extravia-se do mundo comum.

Esse novo mundo não tem nada de sobrenatural. É um mundo efetivamente natural. Uma raridade e um estado de exceção na condição atual de captura do planeta pelo capitalismo tentacular. Um mundo no qual esturros de onça, pitus, calangos, insetos, sabugos e bagaços de milho, pamonhas e mangueiras se entrelaçam, em uma orquestração singular. Bióloga de formação, Leonor nos oferece aqui um romance ecossistêmico, no sentido profundo do termo. Esquivando-se de bandeiras ou definições ambientais, seguimos passo a passo a transformação de Flora em seu meio e a de seu meio em Flora. Recursividade e *autopoiesis*. Transformada por aquilo que transforma. Escrita de Gaia.

E essa é apenas uma das singularidades desta obra. Como a Flora de Arcimboldo, cada fragmento da natureza se inscreve metonimicamente em Flora e em seu amadurecimento. Uma metamorfose na qual os entornos humano e não humano se condensam na figura dessa personagem-limiar. Flora não é apenas uma personagem composta. Como diria Donna Haraway, é uma personagem compostista. Feita de húmus e memória, silêncio e seiva, Flora assimila imagens e signos que se espraiam, pelos rastros e pelos animais, pelos astros e pelas sombras, pelas cinzas e pelas matas, pelas árvores frondosas e pelas águas, correntes e corridas, nas quais seu rosto se espelha. Esse espelho traz sempre um mesmo rosto: Irmão.

Em delírios e sonhos que permeiam essas zonas cinzentas entre o interior e o exterior, Irmão aparece e reaparece. Surge no mar e nos rios. Emerge do vermelho transparente e aquoso de seu ventre. No útero transbordante de sangue, é um feto. E flutua. Assim, inscrita e maiúscula, essa figura ronda a alma, o coração, a existência de Flora. Não se reduz à figuração de uma perda. Não se define pela morte. Não se define pela entrevida. Perda, morte e entrevida seriam entrelugares mais fáceis de tatear. Prisões das quais se pode fugir. Define-se pela tripla sobrevivência de um evento irremediável. Aquilo que foi e deixa cicatrizes. Aquilo que foi e acreditamos que poderíamos ter evitado ou revertido. Aquilo que ecoa, ressoa e reverbera naqueles que amamos, tornando assim o amor um martírio e o esquecimento, uma redenção.

Essa condição existencial se adensa ainda em diversas camadas. O amor por Jonas, o antagonismo violento da sogra, a garrafada, a sobrevivência ao sangue viscoso da morte, a vida e a sobrevida de Samuelzinho. A vida aparece aqui sempre como uma sobrevida, em ambos os sentidos do termo. Uma vida suspensa, em hesitação, sobrevoada e sem chão. E uma vida-além que sinaliza caminhos possíveis, sinuosos e estranhos, mas verdes e plenos, como jacarandás às margens das trilhas da Lagoa do Rudá.

Mazé se apresenta como uma personagem imensa, ancestral, receptiva. Traz em si aquelas figurações e fulgurações de algo imemorial, que apenas a natureza e a morte podem exprimir sem palavras. Uma personagem que enxerga com as mãos. E nos leva a enxergar sem olhos. Ela é uma âncora das novas possibilidades de Flora. O mesmo ocorre com Jonas. O amor como começo não de uma nova vida. Mas de um novo mundo: Encontrados.

e a vila, entre a modernidade e a natureza. Essa oposição pode ocorrer, mas não ocorre sem as suas vertigens, bifurcações angustiantes e ramificações vegetais. Essa indecidibilidade aparece no romance demarcada no amor e na distância entre Flora e Jonas. Samuelzinho como consumação do amor. As escolhas e a liberdade de ambos como consumadoras da distância. Não por acaso, ambos têm seus fantasmas. Jonas, o fantasma do pai. Flora, o fantasma de Irmão e dos pais, ecos vivos e materializados desse Irmão sem começo e sem fim. Inominável porque, com sua morte, inviabilizou todo acesso ao simbólico. Por seu lado, a ausência do pai é a ausência das ausências: a figura vazia que permeia toda literatura brasileira. Espelhos invertidos, Jonas e Flora, ambos se completam e se dissipam. Encontrados em si. Perdidos do outro. E do Outro.

A fotografia funciona como um meio de sutilização das imagens. A natureza profunda mediada pelos signos da luz, reminiscências de um passado em preto e branco de uma vida cosmopolita. O mesmo ocorre com Saruê: signo-miragem que indicia um mundo moderno, violento e convulsivo que nem parece existir. A casa do correio, pintada de verde-claro, as paredes ao redor, descascadas, as cercas de bambu e arame farpado, os degraus, os móveis simples, as correspondências, a funcionária. Um local onde a existência finca suas raízes. A fotografia e Saruê são pontos de ancoragem e, ao mesmo tempo, de dilema. A partir deles, Flora demarca a medida de sua hesitação. Estaria no caminho certo? Teria valido a pena abandonar tudo? O que era tudo? A faculdade de Administração, o estágio no supermercado do pai, alguns amigos, os barzinhos, um cinema. Isso era *tudo*? Essa era *a* vida? A busca por uma vida autêntica, guiada pelo desejo e pela liberdade, mistura-se à sensação de fuga dos pais, da cidade, de Irmão. Em que me dida nossos gestos livres são orientados mais por nossos antepassados (e fantasmas) do que por nosso desejo, podemos nos perguntar com Nietzsche? Como resolver em si essa matéria vertente do humano que somos, demoníaca e luminosa, parafraseando Rosa? Leonor encontra neste romance uma justa medida para abordar essas perguntas sem respostas.

Toda literatura é feita de ambivalência e indecidibilidade, como queria Derrida. Este romance de Leonor é uma mata espessa de signos trocados, interdições, dilemas, paradoxos. E nisso repousa a sua beleza. Se o destino do sertão é virar mar e do mar é virar sertão, a cidade e a vila podem um dia se reverter? Esse é um dos aspectos mais singulares de *Encontrados* para a literatura brasileira. Em tempos de Antropoceno, mutação do clima e devastação da Terra em dimensões abissais nunca antes vistas, esses paradoxos têm se tornado cada vez menos distantes. Os opostos têm se revelado muito mais próximos do que imaginávamos. Os Encontrados talvez não sejam essa vila substantiva, nos confins sem fim do mundo, em oposição à cidade. Os Encontrados talvez sejam a condição e a apreensão do planeta inteiro que, consciente da extinção iminente, pode criar novos modos de existência. Nesse sentido, não é mais o encontro que se declina no passado. Flora é que deixa de ser substantivo. Passa a se conjugar como um verbo no presente. E se abre como um caminho cheio de possibilidades e florações.

1

Um resto de imagens escorre de volta para o fundo, deixando para trás um desconforto no peito, uma lembrança de dor. A consciência emerge devagar, e lá fora o canto dos pássaros. Flora passa a mão pelo pescoço úmido, procura mais ar, vem o cheiro de terra e o som do correr de muita água. Por instantes se surpreende com o teto baixo avermelhado, de nylon; está acampada perto de um rio, no alto de uma montanha, a um dia de distância da vila mais próxima. Mata e água doce, a subida longa do dia anterior morro acima, os arbustos ressequidos do mato na beira da trilha tingidos de poeira amarelada. A secura na garganta.

— Tive um sonho esquisito. Estou com vontade de tomar café, bom dia, gente.

Um ressonar sai de um dos sleepings. Um suspiro do outro.

— Hã? Pesadelo de novo, Flora?

— Sei lá, um sonho meio angustiante, Márcio, não estou lembrando direito. Então, vamos tomar café? Vamos Jamile? Vocês não queriam acordar cedo todo dia?

Do outro saco de dormir, uma voz rouca.

— Ai, Flora, tudo bem. E quem vai buscar água no rio?

— Prefiro dar uma geral na barraca e arrumar as coisas de vocês dois bem direitinho.

Jamile escorrega devagar para fora do sleeping.

— Vamos nós, Márcio, já que a nossa amiga prefere ficar olhando para as paredes da tenda, respirando ar dormido, não é? Saudade do seu quarto? O dia deve estar bonito, a natureza aqui é forte.

— Nem tem graça, Jamile.

— Bom, Flora, então junte uns galhos secos também, não precisa ser um monte, não; tire uma folha daquele seu caderno, ponha fogo com o isqueiro e depois coloque por baixo dos galhos.

— Pode deixar, escoteiro, conheço a receita para fazer fogueira; hoje vai ser a minha iniciação.

Jamile e Márcio seguem para o rio e Flora nota o alento da companhia deles se esvaindo para fora. A vontade é fechar o zíper da barraca e se enfurnar dentro do saco de dormir, mas se controla; sabia que quando voltassem debochariam dela, brincando, falando da sua vida de apartamento.

Apartamento de frente para o mar, a varanda ampla. A brisa trazendo a maresia pegajosa, que cola na pele e em tantas outras coisas. Brisa cresce para vento, vento cria ondas, ondas gigantes girando velozes na direção de Irmão. O corpo inerte na areia da praia, recordação diluída pela água salgada.

Com o estômago revirado, ela se levanta, fica de joelhos, respira pausadamente para se acalmar e resolve fazer logo a arrumação, antes que eles voltem.

Ajeita o melhor que pode a bagunça das roupas de Jamile dentro da mochila. Depois de separar e dobrar, empurra todas para baixo, deixando espaço em cima. Márcio é mais organizado, trouxe menos roupa e carrega a maior parte dos mantimentos. Põe um par de meias, uma bermuda e uma camiseta nos bolsos laterais. Ele prefere assim, ter peças à mão.

A sua mochila já está arrumada desde o dia anterior. Pega o livro de poemas de Luz D'Ávila de um dos bolsos externos e o folheia até encontrar a página em que colocou o seu talismã, a fotografia de Irmão. Dezesseis anos, cabelos aloirados pelo sol e pelo sal, o sorriso enorme. Um olhar confiante para a câmera e para quem estava por trás dela. Quem teria tirado a foto? Ela mesma? Como em todas as vezes depois que a examina, admira e esquadrinha cada ângulo com amargura, Flora a guarda junto ao poema *"Entre culpa e razão / restam olhos avermelhados / do nascer do sol"*. Volta a atenção para a sua tarefa e tira da mochila de Márcio os itens para o café da manhã: copos, colheres, café solúvel, bolachas e bananas.

Repara que os dois tinham ido descalços para o rio; os tênis estão jogados do lado de fora. Ela não sai descalça; senta, veste a bermuda, põe as meias e, antes de calçar as botas, bate as duas com força no chão, o medo de insetos é grande. Coloca a bermuda e uma camiseta de manga comprida com filtro solar no tecido, boné e óculos escuros. Espirra repelente nas pernas. Equipada para a sua aproximação e enfrentamento da natureza, por último sacode os sleepings, enrola e guarda. Sai e fecha o zíper.

Sem a conversa com os amigos o canto dos pássaros ocupa os ouvidos de Flora; por uns momentos parece alto demais. Recolhe do chão o saco plástico com os pratos, garfos e a panela sujos do jantar; eles tinham esquecido de levar para lavar no rio. Que demora para voltarem. Imagens fugidias de praia, uma angústia intensa, o som dos pássaros ainda mais agudos e penetrantes. Melhor ir logo encontrá-los no rio e levar as coisas, já deixar tudo limpo.

Nos primeiros passos da descida, ali, no topo, ela se dá conta da altura, a visão de trezentos e sessenta graus revela a cadeia de montanhas e vales, a hostilidade do vento; e como se tivesse tropeçado com o corpo todo, perde o equilíbrio, o chão, o senso, e cai. Solta da mão o saco, e pratos, panela, mais óculos escuros e boné rolam em fila pela encosta. De barriga para baixo, agarra o chão para escapar do horizonte aberto. O peito do pé direito dói demais, uma fisgada funda penetra pelo lado de fora do tornozelo. Tem vontade de tirar a bota, mas não tem coragem de se movimentar, vem uma agonia por não ter um amparo, não consegue virar a cabeça na direção do rio, o rosto colado na montanha. Receia que o vento a leve. O horizonte do mar aberto, tão fluido, as ondas não param um minuto, não dão sossego, a culpa é da ventania. A figura de Irmão contra o sol, diminuída pela distância, as ondas no fundo do horizonte. A areia fofa afunda, difícil correr. O pé dói. Enfia os dedos na terra para se segurar, o temor daquela tontura. Os nomes demoram a sair, por fim chama baixinho pelos amigos. Nada. A voz cresce e grita.

• • •

De volta à barraca junto com eles, ainda zonza, deita e se agarra à mochila, os olhos semicerrados de medo e dor.

Com muito custo e carinho, Jamile consegue que Flora despregue uma das mãos da mochila e segure a sua. Eles observam o pé da amiga, exposto sem meia e sem bota, cada vez mais inchado. O dois se entreolham, precisam fazer alguma coisa. Ela tinha dito que não iria a lugar nenhum, a dor ia melhorar. Márcio faz um sinal para Jamile, como estímulo para ela começar um processo de convencimento.

— Você sabe que precisa cuidar desse pé. Não sabemos se está quebrado, luxado, destroncado, sei lá. Ninguém aqui é profissional da saúde. O que não dá é para a gente ficar parado, olhando para você abraçada com a mochila e o pé virando uma bola. Vamos procurar ajuda e fim.

— Não vou, Jamile, quero ficar aqui. Daqui a pouco vai desinchar. Não consigo ficar de pé, estou tonta, estou nervosa, meu estômago está embrulhado. Sem condições.

— Tome um café, coma umas bolachas, e depois vamos ter que resolver isso. Você está machucada, a decisão é minha e do Márcio, é nossa responsabilidade agora. Você não tem querer, igual criança de antigamente, tá?

Tiram Flora para fora pulando em uma perna só e a acomodam na sombra de uma árvore, transpirando e gemendo. Ela pede água e toma um analgésico, tinha trazido por precaução. Jamile e Márcio desmontam e arrumam tudo; combinam o modo como vão dividir o peso da bagagem e do material de acampamento de três pessoas e carregar a amiga ao mesmo tempo. No calor do meio da manhã, ela pede mais água, seria febre? É preciso esvaziar as mochilas o máximo possível. Esticam uma das cobertas no chão e colocam tudo o que podem abrir mão, roupas, chinelos, livros, apetrechos de cozinha, fazem um embrulho com nó e Márcio pendura no galho de árvore mais alto que consegue alcançar. Levam a barraca, sacos de dormir, comida, uma panela, um prato, um copo, três colheres e agasalhos, faz frio à noite. A amiga continua a protestar em voz baixa, balbuciando que não quer ir embora, suas coisas iam ficar para trás em cima de uma árvore, que não quer melhorar, não merece ficar boa. Mas isso ninguém escutou — ninguém escuta, nunca.

Improvisam uma rede com cordas finas de náilon atadas nas extremidades do saco de dormir de Flora e a levantam do chão com dificuldade, apesar da sua magreza. Retornam devagar pelo mesmo caminho para a vila de Lagoa do Rudá, de onde tinham partido na véspera para iniciar a trilha.

Com o movimento da rede desajeitada e o som dos passos ritmados dos dois ela se acalma, como um bebê se acalmaria. Para de resmungar e se entrega ao torpor e à sonolência. Febre? Jamile pega do chão um ramo com folhas largas, encaixa nas cordas para fazer sombra pelo menos na cabeça de Flora. O seu pé machucado pulsa como se possuísse um minúsculo coração próprio; a dor diminuiu um pouco, mas o inchaço aumentou. Sabe que vai se sentir mal assim que passar o efeito do analgésico. Carregando tanto peso vão demorar mais do que um dia de caminhada para chegar na vila.

O balançar do sleeping revela e esconde aos olhos de Flora os picos de outra serra à distância. Os pés dos amigos criam cadência e levantam pó. Com um acesso de tosse, sai da letargia e pede que parem um pouco.

Apoiam Flora no chão, as mochilas, sentam-se um de cada lado dela, arfando, necessitados de descanso. Um vale profundo coberto pela mata despenca a partir da beirada da trilha. Ela associa o que vê a uma cratera verde, uma bacia verde, e define: um útero verde por dentro, coberto por um véu de poeira baixando aos poucos, pousando delicado ao redor deles.

Jamile e Márcio distinguem quase ao mesmo tempo um risco grosso e esbranquiçado, quase transparente, saindo da baixada da floresta em direção ao céu. Esticam os braços apontando outros filetes de fumaça, mais finos, que se mostram à distância.

Sol alto, poucas horas até o anoitecer. Retomam a marcha à procura de um atalho que conduza até o fogo, fogueira ou fogão à lenha que produz a fumaça, onde talvez alguém possa ajudar. Uma picada estreita sai da trilha mais adiante, descendo para o vale. Decidem arriscar.

Flora escuta os gemidos do esforço de Márcio e Jamile carregando as mochilas dos três, tentando manter um certo ritmo, às vezes raspando os braços e as pernas nos espinhos das unhas-de--gato da vegetação cerrada, o ar poeirento, a rede frouxa oscilando para frente e para os lados, os escorregões nos pedregulhos. Ela se sente culpada do trabalho que está dando, e naquele momento não tem sequer forças para agradecer. Enxerga a camiseta molhada de suor de Márcio, o pescoço tenso, as cordas de náilon pressionando os ombros, os vergões vermelhos. O pé lateja, dói, a angústia de não saber o quanto vai piorar, do que vão encontrar pela frente.

O caminho se alarga, o chão mais batido e bem menos íngreme. O mato e as árvores altas e grossas se afastam para dar lugar à uma clareira pequena. À direita, em mimetismo com a mata, uma casa de pau a pique abandonada. Param ao lado dela para descansar, beber água e comer umas barras de cereal na sombra. Nem sinal do fogo.

Colocam a amiga sentada, as costas contra uma árvore, a perna sobre uma pedra com o pé para o alto. Jamile e Márcio examinam os ferimentos e arranhões um do outro e cochicham sobre suas preocupações.

Flora observa em silêncio o tempo impresso no telhado torto de palha minguada, nos buracos e frestas nas paredes, surpresa com a força e a violência das raízes e galhos, penetrando e invadindo sem dó. Plantas tinham tragado as duas janelas da casinha, se aproveitando também dos orifícios menores para espiar o seu interior. Pela soleira sem porta, arbustos espinhosos nascidos do chão de terra tapam uma parte da entrada, resguardando a memória de quem tinha vivido ali. Difícil adivinhar as cores reais agora pálidas daqueles restos de rede que pendem aos fiapos da parede em frente.

O desamparo de um lar vazio. Quem dormiu naquela rede? Casais, crianças. Quem morou ali? Alguém morreu ou partiu?

Flora, alheia de si em pensamentos. Essa aparição pode ser um sinal, a casinha deve conter em si alguma história de infelicidade — foi deixada para trás. Uma cuia velha de madeira emborcada perto da porta, meio fincada no chão, a faz lembrar da pá virada para baixo no monte de terra ao lado do túmulo de Irmão, o enterro. A dor se expandindo pelo pé e tornozelo inchados a traz de volta para o motivo de estarem ali. Agradece, envergonhada, sem fitar os amigos, torcendo as mãos quentes e ressecadas. Estragou tudo, a viagem planejada com tanto entusiasmo. A expectativa.

Pelo menos agora o terreno é plano nesta parte da picada. Márcio e Jamile arrastam os pés, caminham devagar, bufam com o esforço e a impaciência, o limite do esgotamento chegando. Agora a amiga vai na frente e Márcio na parte de trás, carregando o saco de dormir transformado em rede. Flora atenta aos ruídos sutis, galhos pequenos e folhas secas se quebram ao andar, o bater de asas de pássaros que pousam ou se afastam das árvores, uns assobios (de macacos?), um borbulhar de água.

— Vocês estão ouvindo? Água.

— O quê?

— Água, Jamile. Ouviu, Márcio? Um riacho, ou talvez seja o mesmo rio perto de onde acampamos que faz uma curva até aqui, não sei. Estão ouvindo?

— Estou é vendo a fumaça, olhem lá! Está perto agora, graças! Deve ser de um fogão à lenha.

Apertam o passo, o sleeping balança mais forte, a cadência truncada, as folhas roçando também o corpo de Flora, um lado de cada vez. A picada estreita faz uma curva suave e se abre para o sol forte e um terreno grande plantado de verde escuro. Jamile estanca de repente.

Do lado oposto da roça de mandioca, perto das árvores e da continuação do caminho, uma senhora pequena e magra, lenço na cabeça, vestido de um estampado miúdo, chinelo de dedo, imóvel. Os braços se apoiam em uma enxada em pé à sua frente. Encara os três.

2

D. Mazé põe a caneca de lata com água no fogão a lenha para fazer café para as visitas. Ajeita os galhos, assopra as brasas para o fogo encorpar.

Flora, deitada na única rede do cômodo, de um xadrez vermelho e branco desbotado; pernas para o alto, sentindo-se melhor. D. Mazé tinha embrulhado o pé torcido em uma folha de bananeira para cobrir o emplastro de raízes e folhas maceradas, que ela mesma preparou. Pela sua experiência, não tem nada quebrado, não. E fez um chá forte para a menina relaxar, muito bom para diminuir o inchaço e a dor.

Sentados à mesa pequena, em dois bancos de caixote, Márcio e Jamile. A dona da casa nota que de vez em quando eles olham de rabo de olho para o couro de tatu esticado em quatro ripas de madeira, formando moldura para o enfeite na parede de barro. Caça ilegal? Matam para comer? Pessoas de cidades grandes não estão acostumadas com o jeito como pessoas de vilarejos se viram para sobreviver.

Logo abaixo, um latão grande de alumínio com uma toalhinha de crochê amarela sobre a tampa. Talvez armazene água. Não tinham visto torneiras. No canto, uma esteira de palha.

Márcio, por cordialidade, puxa um assunto ou outro com d. Mazé, que no restante do tempo, tranquila, permanece absorta em seus pensamentos.

Não tinha titubeado em convidar os três para irem à casa dela, ao ver as condições do pé de Flora. Mora sozinha, a poucas centenas de metros do roçado, afastada das outras casas da comunidade, espalhadas a largas distâncias entre si, de onde lançam as espirais de fumaça observadas por Márcio e Jamile do alto da montanha.

Põe um pouco só de açúcar na água, mistura o pó e despeja no coador de pano, já encaixado no bule de ágate. Eles assistem com prazer a preparação do café à moda do passado. D. Mazé coloca duas canequinhas à frente dos dois, mas não oferece para Flora, que a menina carece de se acalmar e descansar, e não de tomar café; já os amigos precisam se revigorar depois do esforço de descer até o vale carregando tamanho peso.

Flora gosta do calor do olhar de d. Mazé, tomando conta e se ocupando de tudo para que ela fique bem. Simpatia intensa entre as duas. Compara com a atitude ausente da mãe, que só enxerga a memória de Irmão. O carinho mirrado, os cuidados com ela por obrigação.

— D. Mazé, o café está uma delícia. Quase queimei a língua na pressa de tomar. Muito obrigado. Esse você perdeu, hein, Flora?

— Pode deixar, quando ela melhorar, faço outro pra ela.

— Então, d. Mazé, a gente está meio perdido, sem saber muito bem o que fazer, não é, Jamile? Com a nossa amiga com o pé tão machucado, não temos condição de continuar a trilha que planejamos. A gente pensou em voltar para Lagoa do Rudá, pela trilha de cima, a do morro e de lá pegar o ônibus para começar nossa viagem de volta, assim que der, nós moramos em outro estado; mas antes temos que levar a Flora ao médico. E pelo jeito a recuperação dela vai demorar um pouco, só temos comida para dois dias e...

Jamile se levanta e vai até a rede, faz cafuné em Flora, de rosto vermelho no empenho de engolir soluços, lágrimas já escorrendo. Em vez de procurar apoio no olhar dos amigos, procura d. Mazé, cara de criança buscando mãe.

— Vocês não precisam de se preocupar, não. Podem ficar aqui em casa, comendo da minha comida; só que é peixe, farinha, batata-doce, feijão, essas coisas, não é comida de cidade, não tem luxo, dá para nós quatro por uns dias. A menina tem que ficar de repouso, aqui, sem pisar no chão, senão não fica boa, o pé pode ficar torto, e isso ninguém quer, né? Ela não pode andar agora, vai fazer mal.

Flora aliviada, Jamile constrangida.

— Mas como vamos ajudar a senhora? É muita despesa. E temos que decidir como vamos embora, Flora precisa ir logo ao médico, a um hospital. Fazer raio X, uma ressonância, pode ter algum osso trincado. Talvez alguém daqui possa nos levar de carro para uma cidade. Tem estrada aqui por baixo?

— Não se preocupe com isso também, moça. Se quiserem ajudar, mais pra adiante das casas daqui do Vale dos Encontrados tem uma venda, tem mantimentos pra comprar. O Natalino tem café, leite em pó, arroz, querosene pro lampião, açúcar. De vez em quando macarrão. Essas coisas. A menina vai sarar, não precisa ir atrás de médico, não. O pé dela não está quebrado. Meus remédios e descanso vão dar conta de deixar ela boa. Aqui no vale não tem estrada, nem carro; só rio, cachoeira e a floresta.

D. Mazé fala cheia de certezas, concentrada no agora, no momento e no ato de curar. Jamile e Márcio se viram para Flora, esperando uma manifestação, mas ela fala com a voz quase liberta de choro:

— Vale dos Encontrados? Por que esse nome?

— Um dia conto a história do nome do vale pra você, menina. É bonita.

Jamile interrompe:

— E atravessando o rio tem trilha para alguma cidade aqui por baixo, d. Mazé?

— Olha, gente, tem uma picada aqui por baixo pra vila de Saruê, mas é mais difícil do que ir pra Lagoa do Rudá — é comprida e a mata é fechada. Só alguém daqui indicando o caminho. E pra Lagoa do Rudá é só indo por cima, o caminho por onde vocês vieram. De Saruê tem que tomar mais transportes e fica mais longe. Acho que vocês deviam era de ter paciência e esperar um pouco, pelo bem dela, que está com o pé desse jeito. Mas vocês é que resolvem, se quiserem ir embora...

Eles não respondem; Jamile baixa a cabeça, Márcio olha para o lado. O sol está se pondo, não alcança mais o fundo do vale. Está esfriando. Flora pede um agasalho, Márcio e Jamile vasculham as mochilas para pegarem casacos, os sacos de dormir, uma lanterna. Oferecem as frutas que trouxeram para a dona da casa. Ela aceita uma maçã.

Acende o lampião, pega a panela grande de barro e começa a separar os ingredientes para preparar uma sopa: feijão, uns pedaços de inhame e de abóbora, louro, salsa. Flora e d. Mazé sorriem uma para a outra, em cumplicidade precoce.

No dia seguinte, Jamile e Márcio voltam ao topo da montanha para buscar a coberta transformada em saco pendurado na árvore, com as coisas que guardaram.

Ainda deitada na rede, o pé menos inchado, Flora fica contente quando abrem a coberta sobre a esteira de palha no chão de terra batida. Os dois separam o conteúdo em três montes, os pertences de cada um. Ela percebe que d. Mazé, em pé ao seu lado, se interessa pelos dois livros de poesia de Luz D'Ávila e pelo caderno grosso de capa dura verde; não entende o motivo, mas não pergunta nada.

A presença dos seus objetos espalhados devolve certa tranquilidade à Flora. Seus conhecidos. Pede a câmera e tira uma foto. Um senso de capturar e prender o que pertence a ela.

Num impulso, ajusta o foco e fotografa d. Mazé sem pedir licença. O brilho da pele escura, a expressão de curiosidade, um livro e uma das canetas nas mãos. Flora sente vontade de se aproximar mais daquela senhora, de acolher a amabilidade do tratamento, de confiar em d. Mazé, de ficar perto. De estar segura. Sabe que os pais, especialmente a mãe, abominariam a atitude inexplicável de ter o pé tratado com ervas por uma curandeira que mora no meio do mato, no meio do nada. Abominariam aquela entrega irracional.

D. Mazé folheia o livro — quanta palavra! — depois o coloca no chão, sobre a esteira, junto com a caneta e sai. Não se incomoda com a foto. Deixa um vestígio demorado ao passar; um cheiro de plantas, uma força no deslocamento do ar, um formigamento. O olhar direto e sem receios de d. Mazé impressiona Flora. Não hesita quando fala. Canelas finas de pele seca craquelada, como papel a ponto de rasgar. Olhos grandes, atentos, desenhos de rugas delicadas no rosto. As mãos fortes preparam remédios, capinam o roçado, limpam a barrigada e tiram escamas cintilantes dos peixes para a refeição dos quatro.

A ajuda de Márcio é buscar água no rio e encher os latões da sala e da cozinha, abastecer a casa com lenha seca recolhida nas proximidades; Jamile lava a louça na velha bacia de alumínio, a ausência de torneira a faz demorar na tarefa. D. Mazé a ensina a arrancar as ervas daninhas da horta. Rega.

No meio da noite, Flora acorda com o corpo pesado, Irmão na mente. Estranha o efeito oco em sua cabeça causado pelo silêncio e escuridão opressivos, até que o canto descontínuo do bacurau a preenche. A sensação é de que o pesadelo foi aterrorizante, ao ponto de despertar algum mecanismo de defesa que a tivesse feito esquecê-lo prontamente. Sobram sombras desfeitas, a angústia e o custo de pensar nele, as recordações em desalinho — pontadas na testa e um sofrimento agudo brota. Ela se encolhe na rede, o pé lateja. Quer esquecer o oceano grande demais, o céu pálido, a praia aberta e plana, ela sozinha, desprotegida na ventania. Irmão entra no mar e se distancia. As ondas ingovernáveis. O sol forte faz Flora apertar os olhos tentando distinguir Irmão perto do horizonte.

D. Mazé se aproxima com o lampião e sussurra.

— Que foi, menina? Você estava gemendo, que foi? Está com dor? Quer mais um chazinho?

— Não é nada, d. Mazé, obrigada, não precisa se incomodar. Desculpa, eu acordei a senhora. Não é por causa do meu pé. Tive um pesadelo, mas nem sei direito como foi. Estou lembrando de coisas da minha família.

— Está com saudades de casa?

— Não. Estou é sempre com saudades de Irmão. Meu Irmão.

— Hum.

— D. Mazé?

— Hum?

O desejo instintivo de se abrigar e a coragem de seguir sua intuição.

— Quero ficar aqui um tempo com a senhora. Posso?

...

Não houve nada, nenhum argumento que Márcio e Jamile usassem que a convencesse a voltar para casa — a preocupação dos pais e dos amigos próximos, perder o semestre na faculdade, suspender as sessões de terapia, o trabalho no supermercado do pai que finalmente estava engrenando — interromper a rotina poderia ser prejudicial para o seu lento processo de acomodação ao cotidiano de uma pessoa comum e normal. Márcio foi duro com ela: irresponsável e autoindulgente foram termos que ele usou em sua crítica. Jamile só queria que Flora ficasse bem, que se recuperasse de corpo e alma; só não tinha certeza de que aquele momento fosse o melhor para experimentações naquele lugar tão isolado. Ninguém tinha.

Depois de mais uns dias, os dois subiram o morro em direção à Lagoa do Rudá. Levavam uma carta de Flora dando notícias e comunicando aos pais a sua decisão de ficar nos Encontrados. Apenas uma temporada? Na falta de envelope, folhas de caderno, grossas e mal dobradas, colocadas junto aos documentos de Jamile. Como explicar o desejo de mudar o enredo da sua vida, de experimentar? Tem consciência de que não foi a alternativa mais sensata. Sua atitude tinha sido inesperada e inaudita até e principalmente para si mesma.

3

Flora trouxe um pouco do conforto e do apego ao seu mundo na mochila de setenta litros. Em cada bolso, cada zíper, colocou o que a preocupação fez caber e antecipou. A ansiedade é um ente prevenido, ativo. Um certo excesso de roupas, meias, um par de tênis além das botas calçadas nos pés de solas finas; dois pares de papetes no caso de uma delas arrebentar ou ser perdida. Pisar bem é essencial em uma caminhada, não há como negar. Prato, copo, talheres, uma faca afiada para qualquer emergência, lanterna solar potente, dois livros, caderno e canetas, uma coberta. A *nécessaire* com escova e pasta de dentes, fio dental, sabonete, desodorante, escova de cabelos e filtro solar. Alguns analgésicos e antidiarreicos.

Talvez d. Mazé gostasse de algum daqueles objetos, Flora queria dar um presente, agradá-la, agradecer. Não sabia como. A senhora não havia hesitado um instante em aceitá-la por mais tempo em sua casa, sem sequer perguntar motivos, sem se conhecerem bem.

No dia em que Jamile e Márcio foram embora do vilarejo, Flora entregou a eles os cinco pacotes de refeições liofilizadas que restavam na sua mochila. D. Mazé tinha olhado com desconfiança para as embalagens daquela comida ressecada, de mentira; Jamile explicou a ela que depois de hidratada e aquecida, dava muito bem para matar a fome. Ela achou a ideia engenhosa, porém desnecessária. Quem precisaria daquilo ali nos Encontrados? Comida simples e boa, eles tinham com fartura.

Não é fácil compreender todas as palavras que a dona da casa diz, um falar distante do seu; a senhora, que costumava prestar atenção à boca dos três amigos enquanto conversavam, agora fixa os olhos nos lábios da menina, faz leituras para entender as falas e o sentido, acompanha os movimentos de abre e fecha, procura imitar. Flora passa a articular as palavras mais lentamente sem que ela peça, e d. Mazé faz a mesma coisa; sensação de peregrina sendo bem acolhida.

Da rede, cama estrangeira, ela observa o retângulo de floresta e terra emoldurado pela porta, sempre aberta durante o dia. Algumas roseiras ladeiam a picada que segue e penetra adiante no arvoredo. A janela à direita enquadra a florada das quaresmeiras carregadas, estampas irregulares de roxo de encontro ao verde e às rochas da montanha. O som possante da cachoeira, mais afastada. A melodia do correr do rio, mais perto.

Nesse fundo de vale, na mata envolvida pelas montanhas, ela alcança o aconchego, a proteção, em contraste com a cidade do litoral de onde vinha: a praia extensa, aberta, larga, plana, sem anteparos, comprida a perder de vista, prédios fazendo sombra na areia — um lugar em que o vento desgovernado traz maresia e ondas agressivas indiferentes à morte; em que carros nos engarrafamentos, enfileirados nas avenidas, vociferam ao anoitecer.

D. Mazé tinha ido buscar peixes e pitus no seu Posidônio. Ele também tirava mel das colmeias; ela prometeu trazer essa doçura, a menina ia experimentar. Quando melhorasse, ia passear com ela, fazer visita aos vizinhos. Mas só quando o pé ficasse bom. As casas dos moradores dos Encontrados ficam retiradas umas das outras, tinham muito que andar. Flora ia conhecer tudo.

Ainda sentada na rede, estica um pouco as pernas para dar um impulso fraco, um balançar lento. Passa as pontas dos dedos dos pés no chão irregular de terra batida, com um ou outro pedregulho entranhado. Aos poucos deixa as solas rasparem de leve — um pequeno choque, um arrepio de prazer a cada vez que o movimento permite o contato dos pés com a terra, encostando e desencostando, para a frente e para trás. A primeira vez depois do acidente.

É hora de erguer-se, apoiar o pé machucado. Decide. O vaivém da rede, a vista do céu e da mata pintada de roxo pela janela, os pés alisando a terra. Agora raspam, para a frente e para trás, em um meneio suave. Se não der certo, se ainda doer muito, é só ficar mais um ou dois dias sem andar. Tenta brecar o balanço com os dedos e em seguida põe os calcanhares no chão, pousando os pés inteiros. A rede fica imóvel, tateia a textura. Procura sentir cada dedo, comprime as solas de encontro à terra, os calcanhares firmes. Levanta.

Depois de alguns passos curtos, nada dói demasiado; um incômodo, o tornozelo fraco, mas desinchado. Manca um pouco. Coloca o peso na outra perna. A aspereza do chão traz a certeza de que não vai escorregar; se apoia na parede e chega até à porta. À sua frente, o caminho ladeado por rosas amarelas. Vontade de sair lá fora, colher umas flores, alcançar as quaresmeiras nas montanhas; mas isso vai demorar um pouco mais.

D. Mazé vem chegando acompanhada por um homem e uma mulher. Os três, já de certa idade, andam devagar dividindo em duas cestas o peso de peixes, pitus, mandiocas com torrões de terra presos nas cascas, couves e espigas de milho. Ali no vilarejo, trabalho de homem é no rio; trabalho de mulher é na lavoura e em casa. A outra senhora traz uma lata grande de água sobre a cabeça, escorando com uma das mãos. O pescoço esticado e rijo, os cabelos cobertos por um lenço. As duas são parecidas: pequenas, magras, vigorosas. As peles escuras brilham sob o sol forte.

— De pé, menina? Que ousadia é essa? — d. Mazé sorri de lado, brincando, expressão satisfeita.

— Então... tomei coragem, d. Mazé.

— E está doendo?

— Só um pouco. Só se eu pisar com o meu peso todo no pé.

— Essa é a minha irmã Marlinda, mãe do meu sobrinho Jonas. Ele é o nosso amigo Posidônio.

— Prazer, Flora.

D. Mazé ampara Flora pelo braço e a exibe para d. Marlinda e seu Posidônio, contente com o resultado de mais uma cura e por encontrar a menina aprumada, fora da rede.

Olhares tímidos de todos para Flora e de Flora para todos. As apresentações na soleira da porta. As cabeças girando curiosas de um rosto para outro, examinando, e depois, de cima a baixo. Não era assim que as pessoas se conheciam? Conversa de olhares.

Ela nota os braços fortes e os fios de cabelos brancos do seu Posidônio, a camiseta velha, em que mal se distinguem os contornos de uma foto e de letras impressas em azul, provavelmente de uma propaganda; furinhos perto da gola, a bermuda encardida. Observa as mãos calejadas, de quantos peixes, barcos, remos e rios? A experiência do trabalho aparente no corpo.

Faz questão de cumprimentar com firmeza, mostrar simpatia. Mas o que estariam enxergando nela? Uma moça branquela, pálida, músculos precisando endurecer, o cabelo comprido castanho que escorrega de tão liso. Talvez até mesmo feia de rosto e triste, fraca e magra demais. Já devia ter tido filhos? Será? Ou uma moça de cidade que estuda demais. Ou talvez: o que essa moça está fazendo aqui no meio da gente? Por que ela não foi embora junto com aqueles outros dois que chegaram com ela? E onde que a Mazé estava com a cabeça para acolher uma pessoa que não sabe nem plantar um feijão? De que jeito Mazé vai sustentar a moça, e pra quê? Tem que pôr ela para trabalhar. O que ela quer aqui? Vem à mente de Flora uma frase que a sua terapeuta costumava repetir: você está usando as pessoas como espelho em vez de contemplar à si própria.

Estende a mão para D. Marlinda — corpo empertigado, a saia comprida até a metade das canelas, chinelos de palha e um sorriso que some rápido. Lábios tensos, o olhar não se demora nela nem na irmã, escapa para os lados, para as bananeiras, para a rede, para a lata d'água que ela pousa no chão — e então pensa que d. Marlinda poderia, sim, estar com todas essas perguntas rolando na cabeça, porém não seu Posidônio. Seria ela um dos seus espelhos? Parece que não quer se aproximar, aperto frouxo da mão áspera. Flora estranha o olhar dela — perscrutador, desconfiado, que investiga. Diferente de d. Mazé, que é reservada, mas olha nos olhos e fala com franqueza. Talvez d. Marlinda fosse acanhada. Podem ser apenas as suas inseguranças a colocarem pensamentos na cabeça de pessoas que acabou de conhecer, com quem sequer conversou ainda. Chegou há tão pouco tempo, não deve pressupor e muito menos julgar.

— Vamos entrando, vamos entrando, vou passar um café.

D. Marlinda se acomoda em um dos bancos de caixote e seu Posidônio fica em pé, o ombro encostado no batente da porta. Devagarzinho, Flora volta para a rede.

— Sabe de uma coisa, menina, o porquê que minha irmã chama Marlinda? É por minha causa.

— Ah, é? Foi a senhora quem escolheu o nome?

D. Marlinda nem disfarça, revira os olhos por estar ouvindo a mesma história contada pela irmã a vida inteira.

— Não, eu é que inventei. Lembro muito bem de quando ela nasceu. Era um bebê bonito, a pele brilhosa, a boca rosinha e molhada abrindo e fechando, pedindo pra mamar. E eu só sabia dizer, ficava repetindo 'que coisa marrr linda, mãe, ela é a coisa marrr linda do mundo'. Aí ela virou Marlinda.

— Adorei a história, d. Mazé, que gracinha!

E seu Posidônio dá uma risada gostosa de quem se diverte com as picuinhas das irmãs há muitos anos.

Depois que eles vão embora, d. Mazé pede a Flora para ajudar a preparar os peixes para secar. Dá uma faca para ela e ensina como tirar a cabeça, as guelras, a barrigada, nadadeiras e espinhas. E deixar a pele intacta. Ela finge um à vontade que não tem para lidar com aquilo. Nunca tinha cortado um animal, nem usado facão. Ao lavar os peixes em uma bacia antes de salgar, sente nojo do cheiro, dos respingos e das escamas colando nas mãos e nos braços — mas aprecia as texturas, as escamas cortantes, a carne úmida e receptiva ao corte da faca, a lâmina fria, os intestinos escorregadios, fugindo dos dedos — fazer tarefas da casa para se ambientar. Não era como na casa dos seus pais, onde a comida caía do céu, pronta, direto no seu prato, sem que fizesse esforço. Quer mudar, aprender e ali ela precisa fazer por onde.

D. Mazé faz que não percebe a falta de jeito da menina e deixa o final do processo nas mãos de Flora: dispor os peixes enfileirados em uma prateleira de madeira comprida e larga do lado de fora e a incumbência de trazê-la para dentro da casa à noite, para não virarem comida de bicho.

No jantar comem pitu, feijão, couve e farinha de mandioca; sua textura fina e cor suave transportam Flora para a areia da praia. Farinha escorre entre os dedos como areia, a areia quente e fofa que afunda e range, que atrasa seus passos e não a deixa correr. Algas enroscadas em pele branca. Pensa em Irmão. As lembranças se atropelam e por fim se aglomeram em um canto da memória.

Adoçam a boca com mel e arrumam juntas a cozinha. Ela vai para a rede e d. Mazé mais uma vez coloca o emplastro no seu pé direito, cobrindo com uma folha de bananeira. Traz um chazinho para a menina relaxar. Nessa noite, pela primeira vez, chama Flora pelo nome, como um rito de passagem para uma intimidade maior entre as duas. Está quase curada e disposta a experimentar a vida dos Encontrados.

Se bem que gosta tanto de ser chamada menina.

4

As pernas doloridas, coçando. Esqueceu de passar óleo de coco no corpo antes de dormir e os mosquitos não encontraram barreira. Sangue novo e doce no mato. E os músculos lidam com o esforço da andança da véspera — o pé direito sofria mais — não contou para d. Mazé para não causar preocupação. Flora enche uma caneca de café para tomar enquanto escolhe feijão sobre a mesa. Ainda não tinha conversado com ela sobre a sua epopeia interior de ontem, na ida para a vila de Saruê: o receio de enfrentar a jornada e o desgosto no correio.

Relembra a decisão de ir — depois da atenção do seu Posidônio em se oferecer para levá-la, que moça não podia andar por aí sozinha, ainda mais vinda de cidade grande, ignorante de se virar na floresta. Flora aceitou a companhia dele, que proteção maior e guia melhor ela não ia achar no povoado, como afirmou d. Mazé.

Mais cedo ou mais tarde precisaria mesmo ir até Saruê, ao correio, agora que seu pé está bom. Queria notícias de Jamile e de Márcio, certamente teriam chegado cartas deles e da mãe. Soube que a agência tem computador com acesso à internet; ia avisá-los, respondendo a eles por e-mail. Apesar de não admitir para si mesma, queria saber dos pais. Como teriam reagido à sua decisão ousada (ou temerária) de ficar nos Encontrados?

Na manhã do dia anterior sentiu-se intimidada por ter que atravessar a amplidão do rio na canoa pequena, estreita e rasa; aflita com o chamado da água que atrai tudo para si, tal qual a água do mar. Como não pensar em Irmão?

— O rumo pra Saruê é por baixo... Não se preocupe, moça, eu entendo do caminho, da mata e de atravessar o rio. Aqui nos Encontrados quase que nem vem ninguém do outro lado, é muito custoso. O mundo lá de fora nem sabe direito que a gente existe. E sair daqui também é custoso.

— Obrigada, seu Posidônio. O senhor está sendo muito bom comigo, tendo todo esse trabalho de me levar até lá.

— Trabalho nenhum, pra mim é coisa de todo dia.

As mãos dela pregadas nos lados da canoa, se agarrando para não cair, aos poucos serenadas pelo bater dos remos e pelas ondulações suaves da água. Olhou a sacola de tactel no fundo do barco, úmida com os respingos de água; ficou contente por ter decidido não trazer a máquina fotográfica. Inclusive os moradores de Saruê e o seu Posidônio podiam ficar pouco à vontade, sentirem-se invadidos.

Além de uma sandália extra na sacola, para não correr o risco de andar descalça no mato — o medo do tênis arrebentar, ou da sola desprender, levou o frasco com um resto de filtro solar e dinheiro para pagar o correio e comprar óleo, açúcar, arroz e mais alguma coisa que encontrasse para levar para d. Mazé. E as folhas de caderno com o rascunho da mensagem para os amigos.

Na outra margem, ela entrou no raso do rio para ajudar seu Posidônio a empurrar o barco até escondê-lo entre arbustos e raízes das árvores. Num primeiro momento se afligiu, precisou tirar os tênis e as meias — mas logo se agradou da sensação do lodo macio do fundo do rio nos pés, do lado de cá sem pedras. O percurso é longo até Saruê, a trilha é estreita na mata fechada, duas horas de deslocamento. Pelo menos.

Flora apenas supunha a profundidade da floresta, mais opulenta deste lado. Aos poucos o envoltório verde, ao contrário de ameaçar, a protegia. O desejo de se fundir com as folhas, com a umidade, com as asperezas das cascas das tantas árvores.

Acompanhando a marcha regular de seu Posidônio, contemplou e admirou o entorno, em um ensaio de caminhante. Quando criança queria conversar com os bichos, conhecer as suas línguas; e agora se encantava ao escutar as diversas linguagens além das que vinha distinguindo desde sua chegada. Acima, o desenho de galhos, folhas e traços de céu azul ensombrecia o chão; a floresta não era explícita como a praia, não escancarava a sua beleza de uma vez: fazia com que se procurasse embaixo da terra, entre as plantas, nas próprias plantas e nas pedras; impelia a ouvir o esturro da onça pintada e o coaxar dos sapos; a tomar banho no rio, morno no raso, frio no fundo, a buscar a maciez do musgo nas pedras por detrás da água da cachoeira, e assistir à bruma percorrer a montanha de manhã cedo, como lente a nublar a visão.

Ela perdeu a noção do tempo, circundada pelo ar fresco, pelo cintilar hipnotizante das folhas, o burburinho difuso dos animais e seus passos. Compreendeu e assimilou a sua desimportância perante a natureza.

Ao mesmo tempo, o cuidado com espinhos, cobras, a atenção para não encostar nas touceiras desgrenhadas de tiriricas que se prendem na pele e arranham de sangrar, o receio de aranhas enormes (e se surgissem debaixo das folhas?) ou das teias pendentes das árvores, das picadas de insetos, de voos em direção aos ouvidos e nariz; e o medo primevo de que entrassem por seus outros orifícios ou se emaranhassem com seus cabelos. Ali não devia ter bicho geográfico, coisa ruim de areia de praia; mapas de feridas riscando a pele das pessoas são abjetos.

Um cheiro pútrido os fez diminuir a velocidade dos passos e, alguns metros mais adiante, ouviram um zumbido uniforme. Varejeiras, em formação de nuvem verde-metálica, de brilho oleoso. Juntas e pesadas, lentas e destemidas, não se afligiram com a aproximação dos dois e mal saíram de perto dos restos da carcaça de um animal, embriagadas pela saciedade e podridão. Os dois pararam.

Flora notou seu Posidônio tenso, a visão ampliada, as pernas ligeiramente afastadas e flexionadas, prontas para tudo. Abraçou a sacola em busca de blindagem e não disse nada, na espera dele se manifestar. Ou correr.

— Sinal de onça. Foi onça que matou.

— Onça? Onde? Ela está por aqui?

Seu Posidônio não respondeu e continuou.

— Capivara. Os pelos marrons, compridos, viu? Ali, viu, a pata preta?

— Nossa, parece pata de rato, que grande; e o que é aquilo ali, branco, pedaços de pele? São vermes se mexendo, seu Posidônio? E a onça? Vamos sair daqui logo, se ela voltar logo vai acabar com a gente — Flora despejou palavras sem desviar a atenção dos bocados de carne vermelha escura e ossos partidos misturados às folhas, moscas e larvas miúdas, na forma de um ninho capcioso, repartido entre morte e vida.

— Foi onça mesmo — ele determinou, apontando em frente.

— Viu, ela cobre a caça com folhas e galhos e esconde pra outro bicho não pegar o que é dela. Olha as pegadas da bicha, é grande, olha, indo embora pra aquele lado, ali, ali.

Flora não enxergou nada, queria se afastar do cheiro, do perigo, fugir.

— Quem garante que ela não vai voltar? Vamos, seu Posidônio, quero ir embora daqui — pegou no braço dele e puxou.

— Ela vai ficar voltando sim, moça, todo dia, até acabar de comer tudo. Só que não é agora, ela espera a noite cair. E aí a gente já vai ter ido pra casa.

O seu corpo todo pulsava de medo. Parou de conversar com seu Posidônio até chegarem em Saruê e só prestava atenção a sons passíveis de serem indícios de aproximação de onça; procurou entrever entre os arbustos e árvores um enorme corpo amarelo e preto se esgueirando, que pudesse pular à frente deles, interrompendo a trilha e a vida.

Arbustos tomando lugar de árvores, a floresta mais rala. A luz do sol batia ininterrupta no rosto dos dois, sem folhas e galhos para intermediar. Na picada mais larga, três galinhas, e não uma onça, atravessaram correndo na frente deles, cacarejando. Flora tirou carrapichos grudados na roupa feita de transporte para as sementes se espalharem.

Bem próximas, mais abaixo, viam-se as casas pequenas, soltas e desencontradas nas poucas ruas de chão de terra amarelada, demarcadas por abacateiros, mangueiras, tufos irregulares de grama e postes esparsos. Na rua principal o mercadinho com esteiras de palha e filtros de barro expostos à frente, a igreja evangélica, uma loja tem de tudo, a farmácia tacanha, o boteco. No final da rua, a praça da igreja católica, a construção mais alta da vila, e o correio. Um campinho de futebol de chão batido mais ao fundo. É Saruê.

Três apertados sobre uma moto vieram na direção dos dois: homem, mulher e uma menina de uns nove anos, criança grandinha.

Um garoto pedalando em uma bicicleta velha era perseguido por outros, a pé, todos na maior gritaria, alegres com a velocidade e o vento. O alvoroço, apesar de parco, surpreendeu Flora, há um bom tempo sem ouvir barulho de motor e risadas e gritos de crianças.

Sem perceber, apressou o andar forçando o cansaço das pernas, deixando seu Posidônio um pouco para trás, ansiosa para saber quantas cartas a aguardavam, até se dar conta de que não sabia o trajeto. Ele sorri enquanto a alcança. Certamente ela iria encontrar uma carta dos pais. Claro que sim.

A casa do correio, pintada de verde-claro, combinava com as paredes das outras ao redor, descascadas, de cores suaves, algumas com cercas de bambu e arame farpado. Subiu os degraus da frente, entrando no ambiente fresco, sombreado, onde os móveis simples indicavam os muitos anos de uso. Perguntou para a única atendente se havia correspondências em seu nome.

A funcionária entregou a ela apenas uma carta; a caligrafia conhecida, levemente inclinada para a direita, sobre o envelope azul, de Jamile.

Flora tentou medir o seu tamanho real perante os pais. O que representava de fato para eles. E a pergunta fundamental: eles agiriam e reagiriam da mesma forma se Irmão tivesse feito as mesmas escolhas dela? E se Irmão tivesse tomado a decisão de passar um tempo em um vilarejo remoto no interior do país, embebido em experiências de outra cultura, vivendo um período sabático?

Tinha ouvido do pai diversas vezes, em conversas com a mãe, sobre a falta que Filho fazia; ninguém para pescar com ele, ou para ensinar e passar o seu negócio, ou para terem conversas de homem. Faltava expressar claramente em palavras que só a filha mulher tinha restado.

Ela continuava invisível para os pais. Ou estariam magoados com a sua ausência? Afinal, não pediu conselho nem autorização para morar fora de casa. O único motivo evidente para Flora ter permanecido no povoado era a busca da própria voz. E talvez, de afeição.

Chega de usurpar a imagem de Irmão armazenada em si para fantasiar que era digna do interesse e do amor dos pais; ponto final no alimentar o seu vácuo interno com amargura. Estas conclusões eram dela ou seriam teses da sua terapeuta?

Fez um esforço para se recompor, engolir o choro, disfarçar o desalento. Pediu à atendente para usar o computador; queria escrever o e-mail para os amigos. Ainda bem que tinha escrito um rascunho, não teria condições de concatenar os pensamentos depois daquela decepção. Tirou as folhas de caderno da sacola para copiar e digitou:

Jamile, Márcio, amigos do meu coração, muitas saudades,

Receber uma carta de vocês. Estranho. Quem escreve ou recebe cartas hoje em dia? Só pessoas vivendo em isolamento extremo, como eu, que precisa atravessar um rio de canoa e andar duas horas na floresta fechada para chegar até a vila que tem agência do correio, e conexão com a internet. Nossa comunicação vai ficar mais fácil.

Estou entrando de cabeça no mundo do vilarejo, no início como se estivesse experimentando um documentário ou um romance regionalista, só que real, verdadeiro, e o mais importante para mim, cheio de afeto. Sei que estão preocupados comigo, afinal resolvi continuar no fim do mundo sem estar muito bem de corpo e de alma. Não me arrependo, pelo menos até agora.

Estou procurando o equilíbrio entre o desejo de ficar mais tempo para viver como os habitantes dos Encontrados, saber das suas histórias, fotografar natureza e pessoas, plantar e cozinhar minha comida, aprender a fazer remédios (apesar de saber que tudo isso levaria uma existência inteira, óbvio); e a realidade gritando que devo voltar para casa, terminar a faculdade e trabalhar no supermercado do meu pai.

Desde que cheguei, pensar em Irmão tem sido um pouco menos pesado e doído, o ato de recordar substituído por devaneios, o meu desamparo mais adormecido. Os pesadelos estão mais espaçados, vocês acreditam? Isso também me parece um bom motivo para ficar, por enquanto. Aqui na floresta, os meus fantasmas vivos e mortos estão menos intimidantes, apesar dos vivos estarem mais ativos.

Não estou fazendo terapia com vocês, só deu vontade de contar. Talvez a mata, o rio, a cachoeira e os moradores dos Encontrados sejam curandeiros. Especialmente d. Mazé.

Mandem mensagens contando tudo com detalhes, você foi o oposto de prolixa, Jamile. Márcio então, nem se fala. Volto ao correio daqui a um mês, mais ou menos, para ler os e-mails de vocês e descarregar as fotos. Não me decepcionem, queridos.

Vocês têm notícias dos meus pais? Eles fizeram algum comentário? Estou desconsolada, para dizer o mínimo. Não me escreveram uma linha.

Este poema da Luz tem tudo a ver com a natureza que me envolve nesse momento: "Nuvens abafam / picos de montanhas / ventania derrotada."

Não me abandonem,
Carinho e beijos,
Flora

Ainda abalada, imóvel na porta do correio, como se não soubesse o que fazer e para onde ir. Seu Posidônio a viu com um envelope na mão e não entendeu o desapontamento exibido pelo rosto de Flora. Ele se aproximou devagar, timidamente.

— O que foi, moça, recebeu notícia ruim? Aconteceu alguma coisa com a família?

— Foi a falta de notícias que me deixou triste, seu Posidônio.

Sempre que essa tristeza tinha início, ela mergulhava em recordações e pensamentos recorrentes de pessoas rindo e conversando; e mesmo apurando os ouvidos, ela não conseguia entender o que falavam ou porque riam. Não tinha forças para acompanhá-los. Ouvia vozes de pessoas indo embora, afastando-se dela, o abandono concretizado.

Estava sozinha. O corpo frio ali, na porta do correio de Saruê em pleno sol do meio do dia e com seu Posidônio ao seu lado. A recordação desse sentimento desde a adolescência. O arremate veio à tona uma vez mais: por mais que fizesse para agradar, o Irmão era insubstituível.

Seu Posidônio a despertou do alheamento, quase um transe, dizendo que deviam descansar um pouco antes de irem até o mercado. Em seguida precisariam começar a percurso de volta, antes que ficasse tarde.

Em um dos poucos bancos de concreto da praça ela releu a carta de Jamile; Márcio escreveu um pouco também. Flora se deu conta de que não tem pensado na faculdade, no que era ensinado lá, nem nos colegas, nas idas ao cinema, aos barzinhos. Seu mundo atual se tornando maior, e ela mesma crescendo com a convivência no dia a dia da comunidade. Jamile não contou nada demais, nem de menos. Já ela, Flora, tinha amadurecido um mundo naquelas semanas.

• • •

A carta de Jamile, lida e relida, em cima da mesa de d. Mazé. Despeja mais café na caneca e continua a escolher feijão.

5

Os gritos das maritacas a acordam da noite de sono sem sonhos e sem pesadelos. Sob o teto de palha, os maços de folhas de louro pendurados de cabeça para baixo, amarrados com cipó fino nas ripas. Uns poucos fios de luz trespassam e chegam até o chão. Manhãs que começam com neblina suave esmaecendo os tons de verde; pássaros e perfume de tempero.

A caneta cutuca de leve suas costelas. Deitada de lado na rede, abraçada ao caderno de capa dura, lembra que adormeceu colocando no papel mais uma história empolgante relatada pelo seu Natalino. D. Mazé deve ter apagado o lampião ontem. O inesperado da descoberta de habilidades com a palavra escrita — escrever sobre uma experiência quase a torna verdadeira.

A rede de d. Mazé vazia no outro cômodo. Ela não está em casa, mas deixou o fogo aceso. Flora se levanta, leva o caderno e caneta para a mesa, e prepara um chá de hortelã para comer com um pouco de batata doce cozida. De tanta vontade, quase sente o aroma de pão francês fresquinho, acabando de sair do forno; mas nem de longe esse alimento faz parte do dia a dia nos Encontrados.

A quase verdade de uma história com a sua caligrafia, o quase cheiro de pão da padaria, tão reais.

Pela janela, tangível, vê dona Mazé tirando roupas do varal, com movimentos delicados de quem colhe frutas. Quando não chove, os fios estirados fazem papel de guarda-roupa e ela tira um dos seus vestidos estampados ou lenços de cabeça para trocar. Flora ficou contente ao lavar e pendurar suas roupas pela primeira vez, as peças das duas todas juntas. Ela como parte da vida de d. Mazé e do vilarejo. Ali estava exposta a vida delas: vestidos coloridos, saias, blusas e lenços; camisetas de lycra, calças, bermudas, calcinhas e meias, roupas que trouxe da cidade, usadas nos poucos dias de trilha com os amigos. Roupas práticas, tecidos sintéticos de secagem rápida. Que diferença dos tecidos de algodão leve e macio, a brisa criando enfeites sempre novos no varal, quase levantando voo. Quase.

D. Mazé entra em casa com os braços tomados pelas roupas.

— Menina, você já escreveu bastante, vai dar uma volta na beira do rio, hoje o tempo está tão bonito.

— É uma história que o seu Natalino contou.

— Ih, cada vez que você chegar com esse caderno perto do Natalino, com o tanto de história que ele ouve lá na venda, ele vai te contar outra e mais outra, e aí você não vai fazer mais nada, nem tirar os retratos que você tanto gosta.

...

Agora sem dor, os pés equivocados movem-se muito rápido, como se atravessando a rua. Ainda têm pressa e às vezes sentem o desconforto fantasma dos sapatos de saltos altos, mas balançam no ar quando está na rede, ou se plantam bem firmes na terra quando está agachada, colhendo as couves e as batatas doces cultivadas pela d. Mazé; ou se molham, espertos para encontrarem um caminho em que não escorreguem no limo das pedras da cachoeira.

Descalça, o contraste da terra úmida, o barro mole que passa entre os dedos e tinge as solas dos pés de marrom, com a areia seca, esfarelenta, que escorre e não permanece. Irmão também não permaneceu, ausentou-se do convívio da família como areia escapando de mãos em concha.

Na beira do rio Flora devaneia. A câmera fotográfica ao seu lado, as costas apoiadas no tronco largo da copaíba, pés e pernas refrescados pela água.

Areia e mar / amor e dor / fronteira indecisa

Água salgada, o mar. A família chegava na praia, Irmão e ela ainda crianças pequenas, esperavam impacientes os pais escolherem o melhor lugar para fincar o guarda-sol. A mãe só os deixava brincar depois de ajeitarem tudo: as toalhas coloridas na areia, as cadeiras de alumínio com tiras trançadas de plástico, a sacola com o lanche na sombra. A expectativa das crianças era a da hora de sacudirem as sacolas para despejar os brinquedos: a bola, os baldes, as forminhas para fazer estrelas, peixes e jacarés de areia úmida. E os rastelos e pazinhas. A de Irmão era grande, amarela. A de Flora, vermelha. Ou seria azul?

Quantos castelos. Castelos de pingos de areia empapada, quase líquida, várias torres altas, góticas; castelos secos, quadrados e medievais, em volta um fosso cavado com a pá amarela e forrado com conchas montadas como um mosaico. Os dois corriam rindo para o mar para encher os baldinhos, de novo e de novo, despejando a água no fosso, mas ela teimava em escoar areia adentro. Por fim desistiam da empreitada, desapontados. E iam jogar bola, largando os baldes vazios e as pás; a de Irmão virada para baixo, na areia.

A lembrança súbita da pá de metal na terra ao lado do túmulo de Irmão, atinge Flora. Vai chorar; leva as mãos ao rosto e se surpreende com a quentura. O pescoço também está bem quente. Ao se levantar, uma tontura forte a acompanha até em casa. A câmera pesa.

Vai direto para a rede; d. Mazé não está. Tenta dormir, mas a boca seca de sede e o mal-estar não deixam. O corpo dolorido, a pele sensível, arrepiada. Nota que está sem forças para levantar, a fraqueza chegou de repente, a febre deve estar alta. E agora uma dor de cabeça insuportável, um peso na testa, as articulações latejando. Pela janela enxerga um céu leitoso. Que céu é este? É véu de noiva ou cortina branca, não, não é, é uma nuvem flutuando, bem perto, quer esconder-se em meio à névoa, se proteger, *Vento forte sequestra a nuvem,* ninguém vai encontrá-la naquele mundo branco, o medo de ficar presa ali, isolada, nem tudo o que entra, sai, *animal branco esfumaçado no azul,* o peso da cabeça suada afunda na rede, a nuvem se aproxima, não decifra se é bom ou ruim, é enigma, é não saber, *Volte!* Sim, um animal branco e selvagem está aqui. O vento forte arranca espuma de nuvens das ondas altas de um mar revolto e acinzentado. Ela está inerte. Medusas transparentes chegam aos borbotões na areia, aos seus pés. O vento abafa uivos. Engasga, tosse.

O tremor de medo e febre é real. Não são pensamentos, é pesadelo, delírio? Melhor chamar d. Mazé, gritar, mas não tem voz, não sabe se alguma vez teve voz. Por fim, adormece.

Ao entrar, d. Mazé logo escuta gemidos. A menina doente de novo? O balançar desencontrado da rede mostra o desassossego de Flora. Vai até ela e a vê batendo os dentes, tremendo, calafrios.

Encosta os lábios em sua testa só para constatar o que é evidente, uma febre muito alta. Febre alta assim deve ser malária.

Passa os dedos pelos cabelos molhados de suor da menina, um carinho improvável se ela estivesse acordada. *Sua* menina, pelo menos por agora. Por quanto tempo ainda, não sabe. Alguém para tomar conta. Seria bom enquanto durasse.

— Flora, olha aqui, já vou cuidar de você. Que febrão, menina. Vou fazer remédio, um chá. Com um pouquinho de paciência vai melhorar, viu?

Em um momento breve de consciência, percebe a presença e o toque dos dedos de d. Mazé.

— Minha cabeça dói demais, parece que vai arrebentar, dói o corpo inteiro, tudo. Me ajuda, d. Mazé, fica comigo, fica — agarra o braço de d. Mazé, as mãos transpirando.

— Vou fazer o chá, menina, já venho, é de alho e casca de angico; o gosto não é bom, mas vai sarar você. Deixa eu ir, que eu já volto — Flora solta o braço dela e se entrega à sonolência.

No quintal, d. Mazé colhe capim santo e boldo, bom para febre e dor de cabeça. Para completar o tratamento.

...

A areia range sob o peso dos pés em fuga. Flora e Irmão correm de mãos dadas em paralelo à onda gigante, arfando, o suor escorre e os olhos ardem da maresia. Por que não fogem? A muralha de água, descomunal, enrola a crista sobre si própria, sempre na iminência de completar o movimento, em uma ameaça que não se concretiza. Flora quase chega a desejar que a onda acabe de quebrar e os engolfe, cumprindo o seu destino de onda e o deles de vítimas. Mas não é assim que acontece — a tortura não tem fim. O pesadelo se repete — os irmãos sempre prestes a serem tragados para o fundo do mar.

Ela se debate, balbucia palavras soltas. D. Mazé se aproxima e troca mais uma vez o pano úmido na testa, para ajudar a baixar a febre e puxar a menina para fora do delírio; traz um copo de água e a ajuda a tomar. Flora bebe em goles miúdos e atenta para os pios de coruja — para em seguida mergulhar de novo em alucinações dominadas pelo oceano e pelo barulho das ondas.

O chá está quase pronto.

...

Desperta no chão. Alonga o corpo, mexe as pernas, os braços, o pescoço. Não está machucada. Talvez tenha descido da rede em meio aos delírios. Bom que d. Mazé não acordou com o barulho.

Vira de lado na esteira gasta, madrugada fria, mãos e pés frios. Por entre os fiapos da palha vê uma fileira de formigas na carreira pré-determinada, destino certo, focadas. Exatamente no seu raio de visão. No início fica paralisada pela proximidade das antenas que se movem alternadamente; patas, cabeças e mandíbulas abrem e fecham com tanta obstinação, algumas lentas pelo peso imenso de suas cargas verdes ou cor de sapé. Sequer desviam-se dela ou da esteira. A ousadia predomina, ela não significa nada para as formigas, não tem utilidade nenhuma para elas, não é alimento e nem é reconhecida como perigo; comportam-se com total indiferença, só importa a rota para a sua rainha. O seu corpo nada mais é do que um acidente geográfico. Não há diferença entre ela e uma colina, ou um penhasco ou um tronco apodrecido. Talvez só o calor do seu corpo, ela ainda está imóvel. Elas não têm consciência da força de Flora, de seu poder de esmagá-las. Não precisam decidir nem escolher nada, as suas tarefas estão decretadas há eras. Tão diferentes dela, com tanto por resolver. O tempo que deveria ficar no povoado era apenas uma das questões. Admira a persistência das formigas em sobreviver. Assim como ela, que só não sabia ainda qual rainha deveria escolher.

Dá-se conta de que a febre diminuiu, o delírio passou. As formigas fortes e impetuosas são reais. Estranhamente, não estava mais com medo ou aflita por causa dos insetos.

D. Mazé levanta da rede e ajoelha-se na esteira ao lado dela. Nota a expressão alerta no rosto abatido de Flora e constata que a febre foi domada. Sente orgulho de si mesma, dos remédios que sabe preparar, dos seus cuidados. Seus chás são melhores que os remédios de farmácia.

Ajuda a menina a voltar para o conforto do vaivém da rede. Não demora muito ela vai ficar boa. Já se passaram três dias de febre.

...

O delírio e os sonhos dos últimos dias a deixam sem proteção, exposta às intempéries da memória. Sem a armadura do real, as recordações emergem cruas, não tem ânimo para enfrentar o risco de transpor o precipício dentro de si.

Uma tristeza (mesclada a um certo alívio) de não ter com ela nenhum objeto que conduzisse a Irmão. A fotografia tinha desaparecido depois que Márcio e Jamile tiraram as coisas "supérfluas" das mochilas, quando precisaram carregá-la em seguida ao acidente. Deve ter caído de dentro do livro no mato, ou foi levada pelo vento, ou uma pata de tatu a rasgou ao cavar a toca, ou a poeira a cobriu. Amassada pelo peso de uma anta? Talvez bicada por um passarinho curioso. Flora só esperava que não tivesse caído no rio, ou que a chuva a tivesse molhado — Irmão não devia ficar perto da água, nunca mais.

Ter sido ou ter se transformado em Irmão, receita simples para merecer a atenção e o amor dos pais. Escolher roupas amarelas, cor que ele mais gostava; tocar músicas bonitas no violão, como ele; aproximar-se para alcançar os pais nas alturas, mas eles não a notavam. Persistiu, como cachorro abanando o rabo, como cavalo em busca de um torrão de açúcar, ou o burro perseguindo a cenoura na ponta de uma vara — ele continua a ocupar o melhor lugar da família, mesmo morto. Insubstituível. Flora se enxerga uma pessoa perturbada; da mesma forma que a vida de Irmão não tem conserto, ela talvez não tenha.

Pensar em Irmão, na sua ausência. As recordações vívidas a obrigam a suportar a falta que ele faz. Repetem o vazio e a saudade cresce. Mais uma vez vê golfinhos saltando, brincando sem controle e sem sentimentos, revivendo um milhão de vezes o que ela quer esquecer. Golfinhos desgovernados no mar, Irmão no mar.

Basta abrir a porta do quarto dele para ver intocados os seus móveis, livros, brinquedos, cadernos de escola empilhados e o violão. Objetos sagrados, talvez. Sagrados e indiferentes à reverência da família. De vez em quando a sua mãe lavava e pendurava as roupas no varal — pessoalmente. Não permitia que as empregadas tocassem em nada do que tivesse sido de Irmão. A cada ritual, Flora evitava ver os pares de tênis secando, as camisetas, shorts, calças balançando nos fios; vinha um pavor ao ver o movimento descoordenado das peças ao vento, como se ele próprio vagasse à deriva, em posições desarticuladas, impraticáveis para um ser humano vivo. A angústia renovada ao observar a aparência do corpo de Irmão todo torto.

Não é incluída pelos pais nem mesmo na agonia, desaparece perante os dois. Cada um envolto em sua cápsula de sofrimento, cegos para o luto do outro, não a distinguem do entorno. Percebe (sem nunca verbalizar) que os pais sentem mais pena de si mesmos pela falta que o Filho faz a eles, do que o desgosto por ele próprio, pelo infortúnio de ter ido embora cedo demais. Cada um se entrega à sua dor egoísta e à perda dos genes masculinos da nova geração. Ela era apenas a herdeira mulher. A perda do garoto talentoso, bonito, inteligente, dedicado; ela, a filha banal.

Era insuportável escutar o choro do pai pela porta semiaberta do quarto de Irmão. Sentado à beira da cama, o rosto escondido entre as mãos, os soluços abafados imprimiam um movimento regular às costas arqueadas. Até hoje envergonhar-se do desejo que nunca cede, da vontade de passar os braços em volta do pescoço da mãe, de olhos sempre perdidos na amplitude do além, fugindo dos seus, e dizer a ela "E eu, mãe, e eu?"

Flora se empenha em montar a sua figura no espaço da ausência de Irmão, mas permanece imperceptível no descaso e no próprio abismo.

...

— Toma, Flora. Pega a caneca. Pega firme. Cuidado pra não queimar a boca.

D. Mazé entrega a caneca de chá de alho e angico para Flora, que já está fazendo careta.

— Larga de ser criança e tira a cara feia. Foi esse gosto ruim que te curou. É a última vez que você vai tomar, estou vendo que você está bem-disposta.

Refletindo sobre toda a dedicação que tem recebido dela, o alívio, o sossego que sente, Flora percebe que pode baixar a guarda; não precisa se defender da indiferença da mãe, da fraqueza do pai: tem o afeto e o carinho de d. Mazé.

— D. Mazé, tive tantos pesadelos, sabe, esses dias, lembrei tanto do meu passado, da minha família, fiquei com o coração apertado. Quero contar umas coisas para a senhora.

— Vou pegar um banquinho pra ficar perto de você. Vou te ouvir, menina.

6

O som tranquilizador dos grãos de feijão caindo na bacia como gotas grossas de chuva batendo no telhado. Abre as vagens secas, aprecia as sementes brilhantes e bem formadas, as desprende e deixa cair. Flora se concentra no ritmo e procura alcançar a rapidez com que d. Mazé, sentada à sua frente, executa a tarefa. Nem sempre os dedos obedecem.

A intimidade de Flora com as plantas cresce por trabalhar na horta e na plantação. E trabalha não só para ajudar e agradar, mas porque quer aprender. Já anda um pouco pela mata, ali por perto, sozinha com a câmera. Tudo era um mundo só.

Os pés de feijão preto, floridos. Reconhecer a afinidade entre feijão e flores roxas, delicadas. A formação das vagens, o amadurecimento. No início, aproximar-se das plantas foi para ela como nomear e aproximar-se de estrelas. Longínquas, incompreensíveis. As flores miúdas do feijão a ajudam a chegar mais perto, a seguir um dos inúmeros fluxos da natureza. E fotografar, guardar a beleza e fruir. Basta pegar a câmera, rever as imagens e sentir o sabor da permanência.

As fotografias dos moradores e dos arredores dos Encontrados eram quase vivas e independentes — registrar, capturar, emoldurar, recortar, decompor e desse modo assimilar a própria transformação, como se enxergasse a si mesma de fora, do alto. Um caminho para ficar mais forte, repudiar a amargura.

Os sentidos de Flora funcionam por comparação entre a comunidade dos Encontrados e o lugar onde tinha vivido até há tão pouco tempo: o dia a dia rígido, sem curvas. A faculdade de Administração de Empresas, o estágio no escritório do grande supermercado do pai. Poucos amigos, às vezes os barzinhos, um cinema. Como explicar que ali recebe bálsamos todos os dias, fios de tranquilidade no fardo da melancolia que carrega? Como expressar a simplicidade que encontrou? Elege retratar o encadeamento que leva o feijão da terra até a panela de barro, e de lá ao prato.

— Posso tirar fotos da senhora fazendo o feijão? No próximo plantio, quero tirar desde o começo. A senhora se incomoda?

— Só não sei pra quê, não sei o que tem de tão bonito nisso, menina, mas pode tirar fotografia de mim e daqui de casa. Mas não vou ficar fazendo pose pra você, não, que nem o pessoal faz. Fico envergonhada de aparecer.

Mandar algumas fotos para os pais. Eles se interessariam em conhecer as suas descobertas? Afinal, nem escreveram. Até onde iria o ressentimento deles? E o dela? Não, melhor enviar por e-mail para Jamile e Márcio, eles compreenderiam; mas talvez fosse bom mandar para os pais também, retomar o contato. Bom, depois resolveria o que fazer.

A câmera está quase sem bateria, mas Flora senta no degrau da frente da casa e começa a rever e examinar as fotos já selecionando mentalmente quais mandaria para os amigos. E para os pais?

Imagina a reação deles ao verem as imagens da casa de pau a pique abandonada, que tanto a tinha impressionado no dia em que chegou ao povoado carregada pelos amigos no saco de dormir improvisado em rede. O impacto ao verem a filha morando em um lugar pobre, com pessoas mestiças. O susto, o desconcerto. Não poderiam mostrar as fotos para os amigos, os parentes. Dizer o quê? Não tinham como justificar a atitude da filha, incompreensível para eles, a razão dela ter feito a escolha de permanecer naquele fim de mundo.

Há alguns dias tinha ido até a casinha desabitada, quase totalmente cingida por arbustos, e renovado a atração intensa, a vontade de ficar na clareira da floresta, ao pé da montanha.

Saboreou o exterior antes de entrar, os tons dominantes de marrom e verde. Quase tropeça na cuia de madeira rachada, coberta de musgo, meio enterrada no chão perto da entrada. Passando pela soleira sem porta, fotografou a luz transformada em filamentos flutuantes ao passar pelos buracos das paredes e do teto; as plantas espinhentas brotando do chão batido, tomando de volta o espaço que tinha sido delas um dia; as flores miúdas das ervas do mato, cor de laranja.

Vê dois bancos de tocos mantendo a solidez da árvore original e, encostada à parede, uma tábua de jaqueira de contornos irregulares; no chão, duas cuias de coité talvez para uso como apetrechos de cozinha.

Os restos da rede xadrez de rosa (ou vermelho desbotado?) e branco agora pardo, rasgados, outro vestígio dos seres humanos que haviam habitado a casa. Por que a rede estava aos pedaços? Onde estaria a porta? Fotografou as ausências.

Finalmente escolhe algumas fotos para enviar. Entra em casa para buscar o carregador solar e o conecta à câmera. Revê o conjunto seguinte retratando o rapaz em um barco no meio do rio. Outra forma de expressar simplicidade — um pescador.

Observou-o por detrás de uma árvore, um prazer inusitado. Não sabia quem era. Ele não percebeu. Um homem forte, o brilho da pele das costas matizando com as escamas cintilantes dos peixes já pescados, ao sol. Os músculos rápidos e alvoroçados ao puxar a vara. Gotas de suor escorriam e freavam de repente, para depois continuarem (ou não) os seus caminhos assimétricos costas abaixo do rapaz. Aproximando o zoom, os cliques seguiram-se como uma consequência natural. Cada vez mais perto dela, vira-se e mostra os olhos redondos, enormes, a expressão séria, mas que sorria a cada peixe que tirava do anzol.

Seleciona algumas em que ele está de costas. Seria falta de ética mandar fotos do rosto, ele nem percebeu que foi fotografado. Um desrespeito.

Ouve passos e afasta o visor da câmera do rosto. Surpreende-se ao ver d. Mazé chegando em casa com a irmã e o homem da canoa. Andar firme, expressão curiosa; o sorriso leve ela já tinha visto e até fotografado.

— Trouxe o meu sobrinho para você conhecer, Flora, fazia tempo que eu queria apresentar ele pra você. O Jonas. A minha irmã Marlinda você já viu aqui em casa outro dia.

Ele não sabe se estende a mão e ela não sabe se dá um passo à frente para cumprimentar. Os olhos deles não se desprendem.

Jonas entra na casa para buscar os banquinhos e ficam conversando embaixo da mangueira. Flora coloca a câmera no chão, esperando que não chame a atenção de Jonas. D. Marlinda examina o jeito dos dois, ressabiada. D. Mazé, com um olhar maroto.

— Vi você pescando outro dia.

— Ah, é? Na canoa? É que às vezes fico na beira do rio, do outro lado.
— Na canoa. Você pescou bastante.
— Mas eu não vi você.
— Eu estava perto da copaíba.
— O meu filho é o melhor pescador dos Encontrados. Pesca mais que o Posidônio.
— Então a senhora fica orgulhosa, não é?
— Claro que fico. Ele é o melhor filho que uma mãe pode querer. Me ajuda em tudo.
— É o meu sobrinho do coração. Só não falo que é quase filho porque a Marlinda é ciumenta demais.
— Deixa disso, Mazé. Você está falando bobagem.
— A tia disse que você está sarando da malária. Ela tratou de você direitinho?
— Direitinho? Tratei muito bem dela. E quantas vezes curei você, menino?
— E me curou também, agradeço muito! — Flora sorri para d. Mazé.
— Só estou mexendo com a senhora, tia. Flora, seria bom você pedir para o seu Natalino da venda trazer um mosquiteiro. Né, mãe?
— A Mazé que tá cuidando dela é que sabe.
— Bom, vou ajudar você a ficar melhor ainda. Vou trazer mel de abelha uruçu, conhece? É clarinho, bem doce. Bom para a saúde.
— Uruçu? Não conheço.
— É abelha sem ferrão, não pica. E não faz favo que nem a outra, o mel fica preso por dentro do tronco da árvore, dá um trabalhão pra tirar. Vou trazer pra você.
— Deve ser uma delícia, fiquei com vontade de experimentar. Não tinha ouvido falar desse tipo de abelha. Quando você vem?
D. Mazé e d. Marlinda se fitam. A tia, satisfeita ao intuir uma ligação nascente entre os dois. A mãe, amuada.

...

Flora espera Jonas chegar, o sol baixo no céu. Já tomou duas canecas cheias de café.

Segurando a garrafinha de mel de abelha uruçu desproporcionalmente pequena em relação às suas mãos, como se tivesse medo de derrubá-la, Jonas chega apressado. Entrega para Flora com um sorriso e receio de quebrar o encanto. Os olhares fogem e se aproximam, alternando-se de um ao outro.

— Vou pegar uma colher para provar.

— Não, agora não. Deixa pra depois. Venha, vamos ver o pôr do sol lá na cachoeira.

— Na cachoeira? Mas a gente vai ter que ir de barco.

— E o que é que tem? Você não gosta de andar de barco?

— Não é isso. Eu não fico muito tranquila na água funda. Bom, mas já cruzei o rio com o seu Posidônio. Tudo bem. Vamos ver o pôr do sol.

— Se você não quiser...

— Eu quero. Muito.

Rio acima, em uma pequena enseada, os dedos se entrelaçam pela primeira vez. As mãos formam um remo curto, um lado mais escuro, outro claro, balançando na água, os remos de madeira esquecidos. Estão absorvidos pela intensidade do toque e pela proximidade e vigor da cachoeira, que se arremessa das alturas e desaba sobre o rio já tomado de espuma branca. Não enxergam o seu Posidônio pescando pitus na outra margem, e muito menos sua fisionomia pasmada pela beleza da cena. Com certo acanhamento, recolhe os covos e se afasta.

Flora tem a semente da hesitação no peito, Jonas o desejo de experimentar.

Sentam-se lado a lado na pedra grande da beira do rio, a cachoeira um pouco mais adiante. Esticam as pernas e comparam os pés pequenos, brancos e de pele fina de Flora, com o oposto dos pés de Jonas: pele escura, largos, a sola grossa tingida do marrom da terra. A suavidade e lentidão dos gestos de ambos; a correnteza forte arrasta folhas.

A silhueta das árvores no alto da montanha contra o céu rosado, a lua cheia subindo, o tempo vagaroso. Flora diz para Jonas um dos poemas de que mais gosta: *"Luz da lua / água do rio vestida de branco / mãe da espuma, cachoeira."* Jonas cantarola para ela uma cantiga de homenagem à mãe do rio.

Examinam um ao outro entre silêncios, mergulham na osmose que leva e traz o princípio de tudo até atingirem o equilíbrio, embrenhados.

Jonas acende uma fogueira. Momento de calma perfeita e fresca à beira da mata fechada. Trata o fogo com delicadeza, com galhos finos e secos. Queimam bem. O calor das chamas a abraça e se expande pelo corpo. A expressão dele guarda certa insegurança. O que Flora quer? Do que ela gosta?

A presença dele a rodeia. Uma potência que a arrasta para um lugar há muito não visitado. O receio de ser apenas mais um desejo transitório. Ou amor. O canto agudo e regular dos grilos, o coaxar molhado das rãs, a luz branca da lua perto de fundir-se ao negro da noite. O brilho da pele de Jonas acompanha os movimentos dos seus músculos. Ele cuidando do fogo, o rosto de perfil. Belo. Flora tem vontade de tocá-lo, mas recolhe a mão a tempo, constrangida como se ele fosse uma escultura guardada em museu. E mesmo sem encostar em Jonas, sente o coração dele bater forte, o peito vibrando, ressoando.

Ele a enxerga tão branca, magra. O fogo reflete um tom amarelado nos cabelos compridos, lisos, e acende uma luz nos olhos de Flora. Torna a sua blusa transparente. Não percebe que está mostrando os seios para Jonas.

Os dois se dão conta da finitude daquele momento e se aproximam em uma pressa com a força do efêmero. Talvez ele só queira conhecer uma mulher diferente, talvez ela vá embora, talvez nunca mais fiquem juntos.

Jonas e Flora se abrem, frutas sem cascas, só sumos e pele macia, maduros e úmidos.

Depois, banham-se no raso do rio, vestidos da luz branca dos reflexos da lua.

7

"*Isso foi longe demais, Flora. Você já não se divertiu bastante, já não nos preocupou o suficiente? Você já perdeu o semestre na faculdade. Seu pai teve que procurar outro funcionário às pressas para colocar no seu lugar no escritório. Até quando você vai insistir nessa insanidade? Você tem que voltar para casa. Por que não reconhece o que fazemos por você? Parece que está querendo chamar a atenção, só que se esquece que não é mais criança. O seu Irmão nunca nos daria esse tipo de aborrecimento, tenho certeza. Ele tinha responsabilidade, era atencioso com os pais...*"

Nesse ponto, deixa a folha de papel com o texto do e-mail de lado, engasgada por um soluço seco. Não termina a releitura. Até hoje d. Olívia não tinha desistido do recurso de compará-la a Irmão, mas não sente raiva nem ciúmes dele. Pensando bem, se sentisse, teria sido mais fácil suportar a desatenção dos pais. Flora não era ela; é uma outra pessoa que não se define por si mesma e só existe se comparada a Irmão. Ela é o que Irmão não era, apenas os seus restos. Apesar de tudo o ama profundamente e sente saudades.

Por uns momentos, observa pela janela d. Mazé perto da copaíba, sentada na beira do rio, passando óleo de coco nos cabelos com um pente de madeira. Para fortalecer e amaciar. Flora enrola o dedo nos cabelos, faz um cacho, nervosa, e depois examina as pontas. Estão secas e queimadas de sol, também vai passar óleo mais tarde.

Flora pega de novo a folha com o e-mail e procura alguma referência a afeto ou saudade nas palavras da mãe, apesar de saber que não encontraria. O velho hábito de querer ser amada. Naquele momento, a vitória de Flora foi ter se controlado, não chorar depois de ler, não dar o braço a torcer, mesmo que a mãe não a estivesse vendo. Porém constata o paradoxo: tinha obedecido d. Olívia mais uma vez; engoliu o choro, como ela mandava.

Chega à conclusão de que a mãe tomou a iniciativa de escrever por causa do constrangimento trazido pela sua ausência. D. Olívia não tem elementos para explicar as escolhas dela para as pessoas de suas relações. Abandonou os pais. A faculdade. Alguns amigos. O emprego oferecido pelo pai. Está morando em um vilarejo de gente mestiça no interior do país, não tem sequer estradas que cheguem até lá. Só duas trilhas e um rio. Os pais não comentaram as fotos que enviou.

Aquelas pessoas eram apenas espectadoras da vida da sua família, não tinham direito de julgar e muito menos de fazer a pergunta: como ela foi capaz de deixar os pais depois do que aconteceu com Irmão? D. Olívia sente pena de si mesma por isso, Flora sabe.

A lembrança da indiferença dos pais traz um aperto no peito, outro seu velho conhecido. Quer escapar da dependência da aprovação, mas continua patinando, escorregando. Quer deixar o amparo oferecido pelo conforto do ressentimento, também seu conhecido. Talvez aconselhar-se com d. Mazé, que acredita na sinceridade da sua angústia.

De concreto, resta a premência de agir para não afundar.

As etapas da sua vida tinham sido anunciadas; ela não teve participação nas escolhas e nem fez questão: qual faculdade fazer, em que momento, aceitar a oferta de trabalho no escritório do supermercado do pai, na função que ele acreditava ser melhor para ela, aquém da sua capacidade, provavelmente. Aceitava. Não sabia escolher, tão mais fácil ser conduzida, abrigada no esconderijo seguro da sombra de Irmão. Conhece o próprio sofrimento, arraigado, incrustado. Queria agradar. Ainda quer? Inércia e paralisia, encarcerada pelo remorso e pela ausência de Irmão.

A categoria de mundo conhecido por Flora vem se despegando devagar em um processo que ela iniciou e está participando cada vez com mais empenho, mais consciência. No seu desejo de aprofundar as suas experiências nos Encontrados, ela entrevê um universo germinando de dentro, por dentro.

A floresta é um ninho, vontade de permanecer. Uma sensação boa de não precisar fingir nada para ninguém. Os momentos de calma e de penumbra da mata a acolhem; assim como as das árvores, as suas raízes se aprofundam. Ficar no povoado depois do acidente tinha sido uma escolha sua, talvez uma das únicas. Lúcida.

Ela conhece os nomes e as funções das coisas no seu lugar de origem. Mas na mata, ignora os tantos insetos, pássaros, plantas. Os mamíferos. Neste lugar, mais do que conhecer o nome de um ser vivo é fundamental saber se aquela rã tem veneno, onde vivem as vespas, como evitar as cobras, identificar pegadas, ou para a cura de qual doença serve o chá daquelas folhinhas arroxeadas ou como chama a fruta desconhecida com um dos sabores mais extravagantes e doces que a sua boca provou.

D. Mazé orienta Flora a enxergar com as mãos, distinguir aromas. De vez em quando sentam-se embaixo da mangueira perto da casa, ela fecha os olhos e d. Mazé traz folhas verdes molengas de nervuras finas, ou secas e quebradiças; raízes espessas e aveludadas, longas e curtas, cabendo a ela reconhecer cada uma pelo toque e pelo cheiro — elas agem como chaves, dão entrada a outros lugares, incluindo curas. Faz anotações no caderno, sem nenhuma intenção específica, sem ter ideia do que fazer com tantos saberes.

A casca áspera de um tronco, a dor insuportável da picada de um marimbondo-cavalo, os seixos lisos e escorregadios do fundo do rio também são chaves de compreensão e de comoções distantes do mundo zangado onde Flora tinha vivido até então. Quer ficar, conhecer o fundo da lama, o alto da cachoeira, ganhar vigor físico e trançar cipó. Aprende a não ter pena, mas sim a ser agradecida aos peixes, aos pitus ou à caça que vira comida; a dar valor à força necessária para cavar o chão para colher a mandioca.

As tecnologias da cidade fazem menos falta a cada dia, e Flora procura uma conexão maior com as pessoas. Conversa com os moradores da comunidade, ouve e escreve. Preenche as páginas do caderno verde com histórias da realidade e da imaginação dos narradores. Fotografa. A compulsão de registrar e guardar, a inquietude por não querer desperdiçar aquela sabedoria, a inventividade. Firmar a aspiração de descobrir, de instruir-se para ser diferente de quem é. Acender e cozinhar no fogão a lenha, pentear e trançar os cabelos das crianças da vizinha mais próxima, fazer sabão, lavar roupas no rio e ajudar na colheita da batata doce. Tarefas de importância.

Flora pisa em chão — terra, pedra, barro; a areia deslizante e ressecada da praia a deixa insegura. Não tem mais pressa na caminhada, pisa leve, sem bater os calcanhares.

Na cidade, o sossego curto por causa da necessidade contínua e debilitante de estar preparada para qualquer coisa: desviar das pessoas em ruas cheias de gente, ser atropelada por um ônibus, ser assaltada por uma criança.

No mato ela precisa prestar atenção à presença de cobras, ter cuidado para não escorregar no limo das pedras da cachoeira, para não queimar as mãos ao fazer uma fogueira — habilidades novas.

Em vez de buzinas, ouve os gritos das maritacas na revoada da manhã e atenta para os bandos de macacos pulando de árvore em árvore; uns filetes de brisa sempre entram pelas fissuras estreitas das paredes de barro da casa de d. Mazé, em vez da maresia; a ducha quente substituída pelo banho frio na cachoeira, e depois deitar-se sobre uma pedra áspera, trêmula e arrepiada, para secar-se ao sol; abanar as mãos para afastar a insistência dos maruins minúsculos, doidos pelo seu sangue; esmiuçar com os olhos o labirinto dos espinheiros entrelaçados, preguiçar como os calangos, e não mais sentar-se na areia e mirar as ondas, o horizonte aberto e ventoso. Os guinchos dos morcegos, em vez do burburinho noturno das conversas de bar.

Aos poucos, Flora se dá conta de que preferir o isolamento faz parte do esforço de afastar-se do mar, das lembranças de Irmão e dos pais.

Não consegue ainda se discernir completamente como um ser humano único, desvinculado da identidade de Irmão. Vivendo este ciclo ali nos Encontrados, longe do que lhe faz mal, desperta para a mudança, para a compreensão de sentir-se diversa. Deslocada da vida e das pessoas com quem vivia antes, começa a reconhecer a si mesma; é vista e considerada pelo que mostra às pessoas com quem convive naquele momento, que não tinham conhecido a sua família e nem Irmão. Eles não a avaliam pelas suas atitudes e sofrimentos do passado.

Cobiça esse afastamento da vida anterior aos Encontrados, a fuga da resignação de ser a sombra de Irmão, em que o sofrimento é sempre maior do que a alegria. A questão agora é: o que a rege? Quais são as escolhas?

Dobra e redobra lentamente o papel com a mensagem da mãe, como a diminuir o tamanho de sua importância, e o guarda em um dos bolsos da mochila.

...

Dessa vez é Jonas quem a acompanha até Saruê. Vão sem pressa, ele paciente, ensinando não apenas cuidados, mas as manhas da mata. Chama a atenção para o prazer da caminhada, do passeio, do descanso ao pé da amendoeira. Aponta as intensidades dos verdes, a estimula a enxergar mais no profundo entre as árvores, a atentar para o chão para não tropeçar nos cipós e raízes, a não se assustar tanto com o fervilhar do vai e vem dos insetos. Desta vez, para alívio de Flora, nem sinal de onça.

No correio, sua ligação com o mundo exterior, recebe o vale postal enviado por Jamile. Tinha informado a senha do banco para a amiga, e combinaram que ela enviaria aos poucos o dinheiro das economias de Flora.

Seus gastos nos Encontrados são pequenos; precisa pagar a sua conta na venda do seu Natalino e comprar mais cadernos e canetas na loja tem de tudo. Enquanto Jonas vai ao mercadinho buscar o açúcar e o pó de café que d. Marlinda encomendou, Flora pega na prateleira o único e empoeirado caderno universitário espiral de 200 folhas (como cobrir aquela capa com um carro vermelho de corrida Fórmula 1?) e três canetas esferográficas. Encontra um tesouro: três caixas de lápis de cera e cadernetas com folhas sem pauta. São pequenas, mas era o que tinha para comprar; então as leva para as crianças do vilarejo desenharem.

Flora não viu nenhuma delas com brinquedos de loja, livros ou folhas de papel. Lembra do interesse de d. Mazé quando viu o seu caderno verde pela primeira vez.

Na volta, o rio está calmo. A oscilação leve das águas cintilantes os obriga a apertarem os olhos. Jonas entrega os remos para Flora, cruza os braços, e dá risada das tentativas dela de conduzir o barco em linha reta. No começo ela leva muito a sério, se empenha em conseguir e fica irritada e aborrecida por fazer o barco rodar feito um pião. Depois se contamina com o bom humor de Jonas. Larga os remos dentro do barco e os dois riem sem parar e se deixam levar pelo ritmo da correnteza por um tempo. Então, Jonas assume um dos remos e passa o outro para Flora. Os dois, mais relaxados, imprimem a mesma cadência de movimentos na direção dos Encontrados.

— Flora, vou te levar para conhecer um lugar; aproveitar que ainda é de dia.

— Que lugar? Longe?

— Não é não. E o seu longe é maior que o meu.

— Verdade. Mas o que você quer me mostrar?

— Ô mulher apressada, espera um pouco só.

— Estou curiosa.

— É o lugar onde eu nasci.

— Mas você não nasceu aqui, nos Encontrados?

— Foi, mas quero te mostrar o lugar mesmo, a casa.

Depois de guardarem o barco, tomam um atalho estreito até a clareira que desnuda a visão para as árvores, expõe raízes acolhedoras, cipós ardilosos, galhos e folhas guarda-sol e guarda-chuva, troncos poderosos, arbustos flexíveis, espinhos capazes de escarificar a pele. O lugar que primeiro acolheu Flora nos Encontrados.

Jonas se surpreende com a expressão de Flora, de quem reconhece e agradece o que vê. Conta como chegou ali carregada pelos amigos depois do acidente. Mesmo com a dor no pé a distraí-

-la, latejando, aguda, fala sobre a atração, a conexão com a casa abandonada e com a clareira, confirmadas no dia em que fotografou tudo. Sendo reconfirmada naquele momento. Ele, tranquilo, não interrompe a avalanche de palavras ditas com entusiasmo. Jonas já conviveu o suficiente com ela para saber que não é simples tirar Flora do seu estado de quase frequente melancolia.

Ela nota o sorriso de Jonas e se lembra do motivo que os levou até a clareira.

— Então foi nessa casa que você nasceu? Nossa, que incrível! Você não acha incrível que eu também goste tanto daqui, desse lugar? Me desculpa, Jonas, fiquei falando sem parar. Me conta, por que vocês largaram a casa, por que vocês fizeram outra?

— Melhor não entrar nela agora, já está ficando tarde e a gente não trouxe lampião. É bom fazer um fogo, já já escurece. Aí te conto. A gente viveu muita tristeza aqui. Eu e mãe.

Juntam galhos secos quase em frente à casa, perto da árvore em que Flora ficou encostada da primeira vez. Jonas acende a fogueira. Duas sombras alongadas escalam as paredes esburacadas da casa, reproduzem os movimentos lentos dos dois, tremulam com as chamas e com as emoções de Jonas.

Observam em silêncio a fumaça revolvendo-se em torno de eixos imaginários. Jonas começa a falar, contornando com meias voltas e meias palavras o fato cru de que d. Marlinda e ele foram abandonados pelo pai, quando tinha uns dois anos; de repente, na surpresa, sem explicação. Custou demais não ter um motivo, uma despedida. Para Jonas, o pai é um morto sem enterro e sem cemitério. Partiu daquela casa que ele mesmo tinha construído para viver com d. Marlinda, onde o filho tinha nascido.

— E não voltou. Levou o barco, o ganha pão da família. Se não fosse a ajuda dos parentes, dos amigos… A mãe não aguentou, não quis ficar na casa. Largou até a rede onde dormia com o pai; então, a gente mudou.

Jonas mira além das chamas, as copas escuras das árvores contra o céu clareado de leve pela lua crescente. Tinha acabado a inquietação dele pela busca das palavras certas para expor a angústia que a falta do pai provocou e provoca nele e em d. Marlinda. Conseguiu.

A história de Jonas ocupa imediatamente um enorme espaço em Flora; desvia a atenção dela própria. Abrigar a dor de Jonas é afastar-se das suas e estar mais próxima dele. Amar é assim?

Flora se senta mais perto, ao lado dele, as pernas em posição de lótus, e o enlaça com um dos braços; com o outro traz Jonas para encostar no seu peito. Amparar, acolher. Mudando de posição, ele deita a cabeça na coxa de Flora, que se inclina para ele, e dá um beijo.

Seu Posidônio enxerga primeiro uma única sombra projetada na casa. Não gostava muito de andar à noite na mata, as vistas já não estavam tão boas, mas tinha se atrasado ao voltar de Lagoa do Rudá. Estranha uma fogueira ali, na frente da casa desabitada. Quem poderia ser? Fica alerta. Diminui o passo, curva o corpo, avança mais um pouco, devagar, e percebe que não é uma sombra só, porém duas, ligadas. Sem intervalo, sem espaço entre uma e outra. Jonas e a menina, de novo. Os corpos e as sombras se unem.

Será que a Marlinda sabe desses dois? Da outra vez que viu Jonas e a moça, meio com jeito de apaixonados, tinha ficado quieto. Mas não seria melhor contar pra ela? Ele tem dúvida se o apego desses meninos é bom. Com uma moça de cidade grande... É muito boazinha, está gostando de morar ali, mas não tem medida dos costumes deles. É moça de cidade. Chegou doente, machucada, e foi ficando. Por quê? E a Mazé meio que mãe dela. O que a Marlinda vai achar disso? Ainda mais ali, na casinha dela? Bem ou mal, ela, Jonas criança e o marido tinham morado ali.

8

— Ih, menina, essa pamonha doce é feita desse mesmo jeito tem muito, muito tempo; é tradição da minha família, vem de mãe pra filha desde o tempo que não tinha ninguém aqui nos Encontrados. Não tem receita, não. Bom, depois você escreve naquele seu caderno. Quer tirar fotografia? Por mim, pode. Pode, né, gente?

Bom, você está vendo, né? Toda essa mulherada está chegando pra gente fazer tudo juntas, a gente se divide pras tarefas. É pegar as espigas de milho, descascar, tirar os cabelos, separar as palhas grandes sem rasgar pra fazer os saquinhos pra pôr a massa das pamonhas dentro, antes de cozinhar. O que sobra a gente dá pras crianças fazerem umas bonequinhas que ficam umas belezinhas, você já viu? É, os corpinhos, as carinhas, os vestidinhos, tudo. Faz os cabelos delas com os cabelos do milho, dá pra pintar com urucum ou com cinza do fogão, dá pra aproveitar o sabugo também, ficam arrumadinhas que só elas.

Bom, pamonha é uma trabalheira, por isso a gente faz tudo juntas, pra ser mais ligeiro e fazer bastante, pra mesa ficar farta. E a gente conversa, canta, dá risada, conta histórias, você vai ver. Tem que ralar o milho bem coladinho no sabugo, colocar numas tigelas ou panelas com um pouco de água, bater bastante com colher de pau, desmanchar ele todo, depois peneirar em peneira grossa. Aí é que coloca o mel; pode ser açúcar, mas aqui a gente faz com mel. Vai também um pouco de sal, cravo e canela pra temperar. É bom pôr um pouco do bagaço do milho peneirado na panela, pro caldo ficar bem grosso, e misturar tudo muito bem misturado.

Aí alguém já foi lavando palhas do milho e depois molhou na água fervendo, só um tiquinho cada uma pra deixar elas mais moles. Depois de esfriar, fica mais fácil de dobrar pra fazer o saquinho e costurar. Ele tem que ficar bem-feito pra colocar a massa do milho, pra não vazar por algum buraquinho nem escorrer pra fora.

Então é pôr pra cozinhar na água fervendo, é melhor num tacho grande. E a gente vai prestando atenção, quando a palha ficar mais pro amarelo, e a pamonha ficar durinha, tá boa pra tirar. Aí é só escorrer, deixar esfriar um pouco, e comer! Mas você vai ver fazer, vai acompanhar tudo, não é isso que você pediu pra Mazé?

Quer ajudar? Bom, como você nunca fez nada disso, nunca fez nada dessas coisas da roça, é melhor você costurar as palhas do milho pra fazer os saquinhos. Já pegou em agulha? Já? Então tá bom. Pode sentar aqui perto de mim, nesse banco. Você tem que cortar também umas tirinhas fininhas da palha pra amarrar eles dando um laço. Ô, Dalva! Traz as agulhas e o carretel de linha! E a tesoura! E vem ensinar a moça como se faz. Ela quer ajudar nós.

D. Palmira lidera as mulheres na feitura da pamonha há décadas. D. Mazé contou. Flora não tira o sorriso do rosto, entusiasmada por fazer parte daquele costume. Ainda não tinha visto um ajuntamento grande de pessoas, de mulheres no povoado, sendo as casas e os roçados das famílias tão dispersos pela floresta.

A curiosidade, a atenção que ela desperta, a única moça da cidade; é a primeira vez que se distingue pela sua origem, que essa condição fica patente. Conhece outras mulheres. Esconde a timidez, se apresenta. Está inteira, falando bastante, ajudando nas tarefas. Animação, risos, a conversa brincalhona. Conta histórias, ouve histórias, umas atropelando outras. Todas as existências do lugar têm mais peso do que a de Flora, e isso era bom, libertador; estava se misturando, fazendo parte, falando de si. A única que nasceu e cresceu em uma cidade grande. Das pouquíssimas ali que viu o mar.

O olhar de d. Mazé se demora em Flora, satisfeita em ver a sua menina à vontade. Ela, costurando os saquinhos de palha de milho, picando os dedos com a agulha pela falta de prática, observa. As duas se conectam, trocam sorrisos. Flora acena do outro lado dos tachos para a sua amiga e protetora. Exibida, sacode um saquinho pronto no ar. D. Mazé faz um ar de orgulho, enche o peito. Por tão pouco. Uma conquista tão pequena. Flora se emociona e equilibra as lágrimas. Sua quase mãe.

D. Mazé tem esse hábito, de mirar as pessoas por mais tempo do que as convenções julgariam como não-invasivo. Mas quais seriam mesmo essas convenções? Difícil para Flora ater-se a elas agora, mesmo depois do pouco tempo vivendo no mundo da comunidade.

Enquanto isso as mulheres se divertem, fazem perguntas e se espantam com as histórias de Flora sobre a sua cidade: a imensidão do mar, os navios enormes passando na linha do horizonte, as praias lotadas de gente sob guarda-sóis coloridos, as risadas e os bêbados dos bares a céu aberto, os carros entupindo as muitas ruas compridas cobertas de edifícios, as luzes da cidade à noite, os ônibus lentos e cheios levando para o trabalho pessoas espremidas e já cansadas logo cedo; o metrô, como um trem conduzindo outros trabalhadores por túneis por baixo da terra. As escadas rolantes, os shopping centers, dezenas de lojas juntas em um mesmo prédio. Vários em uma mesma cidade. Os supermercados, os cinemas e suas telas, como as de televisão, só que gigantes. Os hospitais.

Flora flutua na familiaridade recém-nascida com aquelas mulheres, suas amigas no futuro, talvez. E se nutre da consideração que não está habituada a receber, da curiosidade sem desdém, dos ouvidos interessados e atentos às suas palavras. Quer dar de si, retribuir as várias histórias que tem ouvido e anotado.

A cada vez que fala sobre a vida na sua cidade, sobre o litoral, a atenção de d. Mazé escapa, Flora nota que ela não tem interesse. Não se impressiona nem se deslumbra com as demonstrações de grandeza da civilização, elas não têm esse valor exagerado que todo mundo comenta e tantos querem viver e experimentar. Os seus ancestrais tinham vindo do mundo lá de fora para o vale há tantos anos, voltar para quê? Ela estava satisfeita.

Brincam com a pele de Flora, muito branca, com o seu receio de queimadura de sol. Sem filtro solar, ela busca a sombra, se esconde da luminosidade forte. Também está se divertindo com a brincadeira, até se deparar com a expressão de menosprezo de d. Marlinda dirigida a ela.

D. Marlinda até hoje tem um rosto bonito, mas desacostumado de rir. Ouve o relato da boca da irmã e não diz mais nada, a expressão carregada, cenho franzido. Não fala, muito menos brinca com a moça. Seus olhos chispam para Flora, nunca pousam com calma nos dela, a encaram com estranheza ou fogem, mostrando assim o desagrado de tê-la por perto. Até parece raiva. Os lábios apertados, que se abrem apenas para um sorriso leve para d. Palmira de vez em quando, ali, durante a lida com o milho. Flora tem uma sensação de frio quando se aproxima dela para entregar os saquinhos prontos. Uma vontade de cruzar os braços, de se encolher para se resguardar. E se intimida com a força e a segurança que emanam daquela mulher. Ela é pequena e magra, mas ocupa o espaço inteiro de onde estiver. Flora queria tanto ser desse jeito, mas bastava a presença dela para diminuir ainda mais o seu amor-próprio. D. Marlinda não dá chance nenhuma para conversa ou aproximação.

D. Mazé e as outras mulheres percebem o mal-estar. Não se metem nem comentam. Pelo menos naquela hora, na frente das duas.

...

Depois da feitura da pamonha, Flora vai para a clareira da casa abandonada. Arrasta uma pedra para fazer de banco embaixo daquela mesma árvore e senta, as costas coladas ao tronco. Espera Jonas voltar da pesca no rio. A luz do sol expõe o percurso das nervuras sob as folhas da árvore, imagina o verde entrando dentro dela ao respirar, a seiva.

Divisa o horizonte de montanhas e pedras. E enxerga dentro de Jonas, que acaba de chegar, o fundo cristalino. De quantas pessoas ela poderia dizer a mesma coisa? Ou de qualquer outra pessoa?

Procura em seus pensamentos quase racionais uma definição do que está enredado dentro de si mesma e do que se desenrola entre os dois. De início, a falta de jeito evidente, a timidez, a intimidade construída aos poucos com gestos desencontrados. Interpreta as evidências: os cafunés, as mãos dadas, o cuidado, o mel de abelha uruçu, os poemas, os tantos desejos satisfeitos dentro do rio ou sobre a esteira de palha ao lado da fogueira, aproveitando a visão das estrelas e os voos dos vagalumes rabiscando o ar da noite com um verde brilhante e fugidio. Flora então nomeia: *amor*, visível e palpável. Para isso é que servem as palavras? Assimila devagar que estão comprometidos um com o outro; ela confia.

Então desabafa. Gaguejando, conta para Jonas como se sentiu na presença de d. Marlinda enquanto aprendia a fazer pamonha. Como a mãe dele nublou aquele encontro. Apesar disso, tinha conversado sobre a sua vida na cidade, sobre o mar, se divertiu com as mulheres. Ouviu delas, e ao se achegar, se encantou. Termina a narrativa para Jonas mais calma, entrevendo convívios, amizades.

— Foi o seu Posidônio, Flora. Não sei, acho que não foi por mal. Falou pra mãe que tinha visto a gente junto. Acho que ele não quis fofocar, não. Aquele dia que a gente estava no barco, lembra? Que ele estava tirando os covos do rio? Também viu na noite que a gente fez a fogueira aqui, quando contei pra você sobre o meu pai. Ele estava voltando da Lagoa do Rudá, passou pela trilha ali na frente. Acho que ele deu uma boa espiada. Contou pra mãe. Ela tem muito ciúme de mim, a gente brigou. Ela ficou com mais raiva ainda porque eu falei pra ela que você era minha namorada. A mãe repetiu "sua namorada?", só que com desprezo, com raiva. Pelo menos acho que a gente já pode dizer pros outros isso, não pode? A gente é namorado.

E Jonas tem vontade de saber mais sobre ela, mas não consegue perguntar. Como fazer Flora falar, contar as coisas? Ela é arredia. Na sua insegurança, Jonas se pergunta o que uma moça estudada, da cidade, gostaria de fazer além de ir para a esteira com ele. O que mais ela poderia dizer, se abrir? Já tinha contado tudo sobre ele.

Flora abraça Jonas apertado, percebe mais uma vez o poder das palavras de nomear, definir, determinar. O poder de colocar amor e namoro nos lugares a que pertencem naquele momento. Gosta da sensação. E como em resposta às reflexões de Jonas, a sua fala irrompe, a língua atropelando o fluxo das percepções e a velocidade das frases.

Pensar em Irmão. A síndrome de ser invisível para os pais. Simplesmente tinha perdido o significado para eles, porque preferiam Irmão. Quando a sua melancolia apertava, eles se afastavam ainda mais. Os desentendimentos por tudo e por nada, ela sem forças. A fantasia de ter sido ou de se transformar em Irmão, às vezes ainda hoje. Antes achava que seu tormento não teria fim. Quando as lembranças vêm à tona a obrigam a passar pela perda e pela culpa de novo e de novo. As sessões de terapia. Agora, ali nos Encontrados, a esperança de preencher o vazio.

Descreve a vida insípida e enfadonha. Os poucos amigos. A faculdade de administração só para agradar à família, para assumir os negócios do pai — o grande supermercado. Era o que Irmão faria, era o esperado. E na ausência dele, era esperado dela. Obedeceu para ser considerada, aceita, sentir o calor dos pais; para escapar da condenação, do remorso e do ressentimento. A mágoa. A mágoa pesa muito. Muito. Teria sido mais fácil suportar o que enfrentou se tivesse raiva dele, mas ela ama Irmão.

Quando para de falar, a cabeça pende em direção ao peito, o pescoço esticado para a frente, exaurida pela força que a arrastou para as entranhas da memória. Um impulso dentro dela reforça a vontade de livrar-se (ou de confessar?) da culpa solitária, única. Devia contar para Jonas? Tinha chegado o momento? Podia mesmo confiar?

Jonas permanece em silêncio, mãos dadas com Flora, fitando o brilho das lágrimas no seu rosto. Tinha observado lacunas da narrativa. Sabia que ela tinha perdido o irmão há vários anos; que carregava muita tristeza, tinha pesadelos. Mas remorso? Condenação? Por quê?

Sente que não é hora de perguntar, de demonstrar curiosidade. Apenas acolhe o desabafo. Antes de voltarem para a casa de d. Mazé, entrega um pote pequeno de mel de abelha uruçu e uma pazinha de madeira, feita por ele, uma lembrança do primeiro presente. Assim ele demonstra o seu apego. E ela aceita o afeto, o amor que vem manso e traz alívio à amargura das recordações, um dia após o outro. A pazinha levemente áspera nas línguas e o sabor extravagante do mel reverberam nos lábios e beijos adocicados.

À noite, no vaivém da rede, no sobe e desce das suas inquietações, rememorar o episódio com d. Marlinda liquefez a sua força nascente e frágil e trouxe o peso das águas do mar de volta a Flora. Recai na angústia da rejeição e do abandono. Acha que se engana e que engana a todos. Como alguém pode acreditar que ela valia alguma coisa. D. Mazé, Jonas, como puderam? Impostora. Sombra. Vácuo sem si mesma. Não tem consideração pelos pais, montou o seu feitio onde antes existia Irmão. Não sabe qual é a sua figura verdadeira nem qual espaço ocupa no mundo.

Naquela noite o mar volta como muralha, como fim da terra, uma linha estanque no horizonte, onde habita a morte. Sempre acorda dos pesadelos sentindo o sabor do sal na boca. O marulho insistente das ondas que nunca descansam era um idioma estrangeiro incompreensível.

Memória porosa como sonhos. Encobrir as lembranças para se revigorar? Abrir as portas para deixar fluir a dor? O soar brando do rio vagaroso e o rumor constante da cachoeira dos Encontrados são palavras da língua-mãe.

9

Perto da mangueira da d. Mazé, um burburinho de crianças substitui os sussurros do rio. As duas netas da d. Palmira vieram ensinar a moça da cidade a fazer bonecas de sabugo e palha de milho. D. Mazé emprestou os apetrechos de costura, arranjou uns retalhinhos, elas espalharam tudo sobre uma esteira e os pares de mãos estão em movimento, ocupados, criando.

Flora escolhe um tecido azul estampado de flores amarelas para o vestido, põe linha na agulha, mira a linha do horizonte, busca uma nova linha de vida — por enquanto são apenas ideias e palavras alinhavadas. E as palavras são o reino de poetas, não o seu. Mas o cotidiano do vilarejo tem se apoderado das suas inquietações, tomando um pouco esse lugar, mas não sem esforço.

A angústia que antes escavava o seu interior vem minguando, começa a rarear. Os pesadelos esmaecem, o terror menos agudo. Estão se transformando em sonhos em que, às vezes, Irmão sorri. Talvez lembranças distorcidas.

Ela se perde menos em devaneios melancólicos, adota aos poucos o fundo do vale, as suas roças, as águas doces, a floresta; multiplica a capacidade de observação ao se ocupar cada vez mais de coisas ao alcance de todos os sentidos e do seu senso mais profundo: as histórias e as fotografias dos moradores, as plantas. E a inesperada troca de amor com Jonas e d. Mazé.

Espeta o dedo. Chupa o sangue, chacoalha a mão, brinca fazendo caretas de dor exagerada, as meninas riem e a imitam. Volta a atenção para a costura e prega olhos com grãos de feijão preto, boca e nariz de sementes avermelhadas. Coloca um lenço na cabeça da boneca-sabugo, combinando com o vestido. Um presente para d. Mazé.

Os três netos do seu Posidônio aparecem na boca da trilha que dá na porta de d. Mazé e se aproximam devagar, curiosos, dando risadinhas. Flora chama os garotos para perto e eles logo pedem giz de cera e papel para desenhar, porque fazer bonequinhas é coisa de menina brincar. Ela traz mais uma esteira, aumenta a roda; as meninas não gostam muito da intromissão, cochicham, mas acabam por se divertir depois que Flora os desafia a fazer um bonequinho-homem, já que boneca é coisa de mulher. Um deles faz um boneco só de palha, sem sabugo, sem cabelo, mas com chapeuzinho e camisa com dois botões de semente. Muito jeitoso. As meninas aplaudem e Flora entrega cadernetas e o giz de cera para os outros desenharem.

A garota mais velha mostra a boneca já pronta, com uma sacolinha presa às costas, meio torta, imitando a mochila de Flora; para os olhos, colocou um grão de feijão maior que o outro, amarrados com linha — dá a impressão que a boneca está piscando. Depois a outra exibe a sua, com tranças de cabelos do milho, o penteado arrematado com lacinhos de tiras de palha.

Era a segunda colheita de milho de Flora nos Encontrados.

D. Marlinda vem buscar um pouco de peixe seco na casa da irmã, chega pelo caminho da beira do rio e se detém entre as árvores, desconfiada. Observa a certa distância a crianças em roda, fazendo bonecos e desenhando com Flora.

Detesta essa mulher, a namorada do seu filho. Ela fala diferente e tem um cheiro esquisito. E agora, ela está ensinando alguma brincadeira da cidade para as crianças? Coisa boa não é, não pode ser. Ela não gosta nem que as crianças saiam do povoado para ir à escola. Fora dali existe perigo, tentação. Não presta. A tentação tinha levado o seu marido. E pior: as crianças podem trazer coisas do mal para os moradores da comunidade, e o mal espalha feito doença. Ela está sempre de olho. Ir à escola para quê? Por acaso precisam disso para pescar, plantar ou subir nas árvores para colher fruta? Além disso, conhecer o mundo lá fora pode ser a perdição; quando crescessem iam querer sair dos Encontrados para nunca mais voltarem. Aprender as letras e os números já estava bom demais. E isso alguém que já sabe, como o Natalino, pode ensinar para os meninos. Essa mulher está trazendo coisas ruins de lá de fora. E quer levar o seu Jonas embora, ela sabe, sente, tem certeza. O seu menino é bom, não tinha puxado nada do pai dele. Que moça não ia querer o seu Jonas?

Volta para casa pelo caminho do rio, não se mostra. Não quer topar com Flora. O peixe seco vai ter que ficar para o dia seguinte.

As crianças foram para casa. Um vento forte, talvez prenúncio de chuva, espalha em pequenos redemoinhos as folhas caídas sobre as esteiras, as sobras de retalhos e linhas, faz rolar retroses, palhas e sabugos. Flora se levanta e recolhe tudo rapidamente. O vento muda a trajetória do pensar de Flora, das crianças e bonecos, para a criança no seu útero, ainda menor do que um sabugo de milho.

• • •

— Não sei direito, d. Mazé. Nem sei se estou feliz, se estamos felizes com essa gravidez. Às vezes acho que a gente devia ter evitado, eu devia ter tomado mais cuidado, mas a gente se entregou tanto um para o outro que, juro, a ideia de ficar grávida nem me passou pela cabeça. Muito menos pela cabeça dele. Acho. Tem horas que fico alegre, tem horas que sinto medo. Não estou preparada para ser mãe. Nem ele para ser pai. Não consigo tirar isso da cabeça, estou tão preocupada! E tem a d. Marlinda, ela não gosta de mim, ela não me aceita. Bem que ele tenta pôr panos quentes, quer explicar o comportamento da mãe. Ela mal me olha na cara, mal fala comigo, eu tento, mas não consigo conviver com ela. Parece que ela tem raiva de mim. Mas outro dia foi gostoso imaginar como seria ter um bebê, criar um filho, Jonas e eu ficamos fantasiando. Daí penso em Irmão, penso nos meus pais. Estou meio afastada deles, faz tempo que não escrevo, e nem eles para mim, a senhora sabe. Será que eu conto para eles agora? Acho que eu tenho obrigação de dizer que eles vão ser avós. Será que espero mais um pouco? Acho que eles não vão se conformar, além de tudo a gente não é casado. Não é melhor casar, d. Mazé?

As duas na margem do rio, sentadas nas pedras, à sombra da copaíba.

— Vem cá, menina, me dá um abraço. Eu tenho certeza que estou feliz, sim, e muito! Ô, coisa boa! Mais cedo ou mais tarde ia chegar um nenê! Vocês nesse grude o tempo todo, né? Agora é hora de ficar contente, não é de pensar, deixa o pensar mais pra diante. Ninguém não nasce pronto pra ser pai ou mãe, é assim mesmo, todo mundo fica meio sem firmeza pras coisas. E o Jonas é assim, ameninado, sempre viveu na barra da saia da mãe. E você também, né? Sempre fazendo os gostos do pai e da mãe? Mas a vida é desse jeito mesmo pra todo mundo. Está chegando a hora de vocês dois. No fim dá tudo certo, viu? Quem é que não vai ficar feliz de ver um nenezinho que veio deles todos? Veio da Marlinda, do seu pai e da sua mãe. É fruto deles também, não é só de vocês dois. Eles vão saber disso, vão entender. E é um pouco meu fruto também, filho do meu sobrinho; é uma felicidade! Não se preocupe, menina. Não se preocupe agora. Espera mais um pouco para vocês se acostumarem também, deixa a alegria aparecer. Mais pra frente vocês pensam.

Flora foi serenando, bebendo as palavras dela. Sorri. Desde Jonas, idealiza o futuro sem obstáculos, a vontade de continuar a viver ali, com o possível, com a simplicidade. Ainda tem dúvidas se é uma vontade que vem de dentro ou se é para afrontar, chamar a atenção e punir os pais por amarem mais a Irmão do que a ela. Sabe que pode voltar para casa a qualquer momento, nada a impede, só ela própria e a vontade de ficar. O que a gravidez ia mudar? Tudo.

— Agora é deixar essas coxas bem fortes pra hora de agachar, é assim que as crianças chegam no mundo aqui. No parto a mãe fica de cócoras.

D. Mazé continua falando, explicando como ia ser, conta que d. Palmira é a parteira com mais experiência dos Encontrados, que Jonas nasceu pelas mãos dela. Tagarela, animada, e pergunta se Flora quer voltar para casa, tomar um chá, comer biscoitos de polvilho fresquinhos.

Ela já não ouve — se vê criança, na praia, a beira-mar. Observa Irmão nadando em direção ao horizonte, longe. Depois embarca na lembrança da fotografia de Irmão perdida na trilha no dia do acidente: o cabelo queimado pelo sol, o sorriso desmedido. A memória das expressões do rosto de Irmão tinha se afunilado, se transformado em uma fotografia de traços embaçados. O seu filho e Irmão. Ela e Irmão. A falta de ser filha e o desejo de ser amada da mesma forma que Irmão, seriam preenchidos pelo seu filho e pelo seu papel de mãe? Não seria justo. Flora não quer mais lidar com o vácuo que os pais criaram à sua volta — e ela mesma, dentro de si — pela ausência de Irmão. Está se empenhando para ir além, seguir outras linhas. Só pelo fato de existir na sua barriga, o filho vai avivar sua força. Deve ser assim com todas as mães, não é? Pela primeira vez, assume que gostaria que o bebê fosse uma menina. Filha.

Jonas, na canoa, no meio do rio, acena de longe, Flora e d. Mazé retribuem.

Já está quase na hora de voltar para casa. Separar e ajeitar os peixes por tamanho e qualidade, entregar nas casas, fazer o escambo por feijão, batata-doce, verdura, o que tiver. Vai dar uma passada na venda do seu Natalino. Tomara que ele queira uns peixes hoje, estão precisando de café. Antes de escurecer, ajudar a mãe em algum serviço mais pesado. Um dia igual a todo dia, sempre, desde que teve força nos braços para remar e aprendeu a pescar com seu Posidônio. Esse destino não ia mudar.

Mas um acontecido tinha virado a sua vida de cabeça para baixo. Flora. O sentimento de amor, a convivência com a moça de lá fora, com pensamentos e jeito de ser tão diferentes, que entendia de tanta coisa e ao mesmo tempo não sabia nada. E se ela pensasse a mesma coisa dele? Precisa perguntar. E agora ia chegar um filho dos dois.

Esse filho, que eles nem tinham pensado em ter, acendeu em Jonas uma luz e um desejo antigos. Estava fazendo com que refletisse e mirasse para longe, para além das montanhas. A vontade de seguir junto com o rio, de se deixar levar pela correnteza, de ir para o mar. Da terra e das frutas para a areia e as conchas. Seu pai tinha seguido esse caminho.

Criar o seu filho no povoado? Mais uma criança sem oportunidades, como ele, ali, preso a vida inteira, fazendo todo dia a mesma coisa, o estudo quase nenhum. Fora dali, em uma cidade, mais espaço, tantas coisas acontecem todo dia e toda hora. Jonas sabe que é assim, Flora descreveu o dia a dia da cidade. A vontade de trocar de mundos, sair dos Encontrados.

Ao namorar Flora, tudo se encaixou. Gosta demais dela, quer ser bom pai, já que ela está grávida. Um outro pai, diferente daquele que o abandonou. Um anseio de arrebentar com o passado, a pobreza e a falta de opções. Um futuro alternativo é possível, ao contrário do que a mãe quer e espera dele. Rejeita uma parte de sua herança, assim como Flora. Quer compor o próprio legado para o filho com a sua experiência, quer viver e oferecer outros percursos. E a criança, assim como ele, também não merece outra vida? Imagina um garotinho. Decide nem comentar nada com Flora, mas quer que seja menino. Filho.

Jonas não está gostando do comportamento da mãe, da intimidade forçada que quer impingir a ele na frente dos outros, especialmente de Flora, para demonstrar que o filho a ama mais. Ela disputa um jogo sem oponente, a sua namorada não tem intenção nenhuma de diminuir a importância do lugar da mãe. E quando ela souber da gravidez de Flora?

Jonas não se concebe como um indivíduo único naquele seu mundo. Vivendo ali no vilarejo, está amalgamado à mãe, aos outros moradores e aos Encontrados. Quer sobressair, ser diferente, único, e não apenas pertencer ao grupo. Sair de lá, com Flora e o bebê; a sua aspiração é cada vez mais essa.

Está tão apaixonado que chega a sentir uma gratidão difusa por Flora ter permanecido ali e estar junto com ele. Por não ter ido embora. Ela reconhece em Jonas a dor dos abandonados, se identifica. E se entrega com amor, absorve a força e a determinação do namorado. Ou seria marido? Agora, já que seria mãe de um filho dele, deveria dizer marido? Deviam casar?

D. Mazé resolve a questão cumprindo com eles um costume ancestral do povoado — a apresentação do novo casal à comunidade pelos pais, visitando cada família, contando do propósito deles de montar casa e construir um lar.

E assim fizeram. Em uma cerimônia que demorou alguns dias, foram os quatro, de casa em casa, recebidos com café ou uma cachacinha para comemorar. D. Mazé, no papel de substituta dos pais da noiva, e d. Marlinda, apesar de contrafeita, também acompanhou, como mãe do noivo. Ganharam cestas de palha, esteiras, uma bacia e quatro canecas de lata. Seu Posidônio deu dois banquinhos de madeira que ele mesmo fez. D. Mazé encomendou uma rede bem larga ao seu Natalino, para caber o casal.

Jonas gostou de mostrar que Flora faz parte da família e é sua mulher. Apesar dela ser de lá fora e da rejeição da mãe (todo mundo percebia), quer que a aceitem, porque ela é boa e é o seu amor. E Flora se sentiu acolhida e aprovada; e também parte do vilarejo e da metade de um casal prestes a se tornar uma trindade, com o filho por chegar. Muito mais do que as suas expectativas quando decidiu permanecer nos Encontrados.

Antes, Flora habitava o seu corpo sem tirar muito proveito: sem grandes deleites, grandes vontades. Com Jonas, as diferenças entre eles a fizeram voltar-se para si, a se perceber, se observar, a compreender e explorar os seus desejos.

Jonas gosta que ela venha para ele molhada do banho de rio, pingando, os cabelos pesados colados nos ombros e nas costas. Comparam meticulosamente as dissemelhanças entre os seus corpos, as cores, as densidades, as vivências. Têm uma voracidade enorme; ao colocarem o prazer em toques e palavras, completam os seus vazios. Têm muito tempo; nos Encontrados, o tempo é lento.

Flora observa partes ligadas dos seus corpos, refletidos nas ondulações da água do rio e se concentra em atrelar imagem e prazer. Nomeia aqueles momentos depois do ritual de casamento de lua de mel, de melado.

10

"Mãe, pai, tudo bem?
Sei que não estão satisfeitos comigo. Talvez dizer isso seja pouco. Devem estar muito decepcionados. Bom, isso não é novidade nem para mim nem para vocês, em todo o caso...
Sei que não fui capaz de atingir os padrões que vocês esperavam de mim, e que acham que Irmão seria capaz. Mas finalmente tomei coragem de buscar um caminho por mim mesma, estou experimentando, escolhendo, por minha conta e risco, pela primeira vez na vida. Sinto não ter correspondido às suas expectativas e exigências, e sei que vocês fazem ideia do quanto sofri e tenho sofrido com isso. Afinal, vocês pagaram dezenas de sessões de terapia, não é mesmo? Mas estou descobrindo uma maneira nova de viver, à minha maneira.

Apesar fazer um bom tempo que não recebo e nem mando notícias, depois de refletir e deixar a mágoa um pouco de lado, cheguei à conclusão de que tinha o dever de contar para vocês que estou trazendo um filho para o mundo, junto com Jonas. Vocês vão ser avós. Espero que gostem da notícia. Estou passando bem, só bastante enjoada, e pelas minhas contas estou de três meses.

Estamos felizes, casamos faz um mês mais ou menos, seguindo um costume daqui do povoado. Somos marido e mulher agora, reconhecidos e aceitos pela comunidade inteira. Ele é um homem bom e trabalhador. Acho que vocês aprovam isso.

Estamos ajeitando a estrutura da nossa casa aos poucos, e só depois de pronta vamos mudar. Por enquanto continuo na d. Mazé e ele com a mãe, a d. Marlinda. É tudo muito simples, vocês devem imaginar. É uma casa de pau-a-pique que foi do pai de Jonas, estamos consertando as paredes e refazendo todo o telhado. Vai ficar bonita. Se não me engano já contei para vocês que aqui não tem luz elétrica nem água encanada, mas praticamente já me acostumei, tem a sua beleza, apesar da trabalheira. Vamos mudar logo, talvez mais uma semana..."

No vilarejo Flora expande quem é, não precisa fingir gostar da faculdade, do trabalho no escritório do supermercado do pai, da cidade em que nasceu e sempre morou. Ela cresce, o amor de Jonas a preenche, o carinho de d. Mazé, a gentileza do seu Posidônio. Está mais à vontade com a ousadia das águas da cachoeira e a correnteza do rio, com a proximidade dos animais escondidos na floresta, o vigor das plantações, a altura das montanhas, o fundo do vale. O convívio amistoso com os habitantes dos Encontrados.

Nos últimos tempos, de manhã, quando a subida lenta da manta de névoa revela os limites entre montanhas e céu, brota em Flora uma alegria, uma vontade de viver o dia de hoje e o dia seguinte também. A curiosidade de saber o que aprenderia para a própria história. De como as narrativas dos moradores anotadas no caderno, as fotografias captando seres vivos e inanimados que irrompem o tempo inteiro à sua percepção, a leitura dos poemas-companheiros, são formas que ela descobriu de interpretar a vida autêntica do dia a dia. Além da concretude do crescer da sua barriga uns milímetros por dia, o enjoo, o quase vomitar. Existe todo um mundo interno, desconhecido, abrigando o bebê. Ele boia na água que seu corpo criou. Ele vai conhecê-la antes de sair, ver o seu corpo por dentro, saber tudo sobre ela? Imagina quando o bebê mexeria pela primeira vez; se estaria no barco, atravessando o rio, descascando mandioca, fotografando ou limpando peixes. Acendendo o fogo no fogão à lenha? Como educaria o filho? Ou seria filha?

Procura esquecer a secura de d. Marlinda e as recordações maceradas latejando na memória. Ultrapassar a sombra dos pesadelos. Tratar de pensar na casa dela e de Jonas, de arrumar os pertences, pendurar as redes novas, colocar os apetrechos de cozinha na prateleira, esperar o seu Posidônio terminar de fazer a mesa que tinham encomendado para aproveitar a tábua grossa de jaqueira que encontraram na casa — ele já tinha dado dois banquinhos de presente para completar quatro lugares, a contar com os dois tocos de árvore que faziam parte da mobília antiga.

A mudança de Flora e Jonas deixa d. Mazé como o peso da chuva que não cai, do céu que não desafoga. Guarda a amargura só para si; a tristeza de perder a companhia da sua menina. Ela se sente egoísta; afinal não é parente nem tem direito a nada, só à ausência.

Claro, quer que façam a vida deles, e o filhinho vai chegar daqui a um pouco. Quer ver os dois felizes e vai ajudar no que puder. Mas tinha se dedicado tanto à sua menina. Filha sem mãe (de amor verdadeiro) e mãe sem filha que ela é, d. Mazé entregou o seu coração a Flora. É muito custoso perder a companhia da menina.

D. Mazé educou e provou para a menina que a natureza ensina, basta ter olhos e ouvidos de aprender. Prestar atenção nos cheiros e sentir com os dedos. Tinha ensinado muito das plantas, dos remédios, das plantações, da mata. Contou várias histórias, e ainda tem muitas outras na memória, só esperando a hora de serem narradas. O seu anseio era que fossem registradas em um livro de verdade, para ela pegar na mão — e na sua fantasia seria um livro grande, de capa verde e grossa como as folhas de seringueira, como o caderno de Flora. Vai comentar com ela, qualquer dia desses.

Sorri quando relembra os olhares rápidos de Flora para ela em busca de aprovação, quando se empenhava em acertar uma tarefa, em aprender, em fazer igual a ela. Capinar foi o mais difícil, menina da cidade sem muita força nos braços e nas mãos. Mão também tem que ser forte.

Os dois chegam em frente à casa com a mudança para dormirem a primeira noite, trazendo o que podiam carregar. Flora com o sleeping e um embornal com a câmera, o caderno e os blocos, lápis, canetas e os dois livros. Jonas com a mochila dela nas costas, dentro as suas camisetas, bermudas e chinelos, as roupas de Flora, o par de botas, o tênis e as papetes. Ajeita ali também os pratos e os copos. Nos ombros, fcito sacolas, duas toalhas de banho, duas cobertas e o mosquiteiro enrolados com barbante para formar trouxas. Em uma corda, três panelas e as canecas de lata enfiadas pelas alças. Nas mãos de cada um, as redes.

Contemplam o telhado novo de palha refeito com a ajuda do pessoal; ainda faltava tapar os últimos furos nas paredes, Flora ia ajudar. Arrancaram os arbustos com espinhos e o mato que havia tomado a entrada e, com o sumiço da anterior, colocaram uma porta improvisada de tábuas claras, em confronto com o batente antigo, escuro e umedecido pelas chuvas.

Como uma estampa, a imagem se forma na lembrança de

Flora: a casinha de pau a pique perdida na clareira, desamparada, uma pequena demarcação na paisagem. Tinham se passado alguns meses desde que a tinha enxergado assim, na sua chegada aos Encontrados, carregada por Jamile e Márcio. Jamais imaginaria que aquela construção, que a intrigou e despertou a sua curiosidade naquele primeiro dia, e depois fotografada após mais de vinte anos de abandono, se tornaria a sua primeira casa. Tem direito à alegria de estar apaixonada e grávida de um homem tão querido quanto Jonas?

Entram, colocam tudo no chão, olham ao redor, para o cômodo sala-cozinha, vão até quarto, espiam o quintal pela janela onde fica a casinha estreita também de pau a pique cobrindo a fossa — o banheiro — em seguida voltam para a sala e têm um ataque de riso, quase sem acreditarem que tudo aquilo era só deles, para disporem como quisessem, para abrigar o filho. Riem como crianças que não sabem o que fazer com a felicidade, com tanta coisa boa acontecendo. Dádivas coerentes com o amor que despontou sem esforço. Voam alto naqueles momentos. Quanto tempo iria durar?

Prendem as redes. Jonas junta lenha para Flora fazer o almoço e sai para pescar. Hoje ia começar tarde, o peixe ia ser pouco. Vai contente, mas com uma ponta de apreensão — a responsabilidade aumentada. Não tinha conversado sobre isso com Flora, mas agora precisava trabalhar mais, se virar para ganhar mais. Além da mãe, tinha Flora e o bebê por nascer para cuidar. Sabe que ela ainda tinha um pouco de dinheiro guardado; mas dinheiro é assim, parece que some de repente.

Flora estende as três esteiras sobre o chão de terra batida, lisa, duas delas sob as redes, como na d. Mazé. Ajeitando os seus pertences na prateleira do quarto, rememora a evolução de quando conseguiu deixar os seus objetos expostos na prateleira da casa dela: a escova de cabelo, o frasco de desodorante e o pote de hidratante; a camiseta para usar no dia seguinte dobrada em cima do banco de madeira, e junto um livro, o caderno e uma caneta. Tendia a guardar tudo imediatamente após o uso, a mochila pronta e arrumada, como se fosse ou precisasse partir ou fugir a qualquer momento. Incertezas e uma sensação de impermanência, de estadia temporária.

Para de arrumar e fica imóvel diante da sua prateleira. Ela se dá conta de que as coisas trazidas para a viagem meses atrás parecem deslocadas ali, soltas, perderam o sentido de civilização, as suas funções transformadas: o rolo do saco de dormir em almofada ou travesseiro; a mochila e seus bolsos em armário e cômoda, com a estabilidade oferecida por um móvel; o frasco de comprimidos vazio em porta-sementes para fazer um colar e o do hidratante, quando acabar, vai para a cozinha, guardar sal.

Agora esta é a sua casa, a primeira. As coisas iam ficar expostas do jeito dela, é a sua casa. Não tem mais dúvidas, a situação não é provisória. É concreta. Marido à noite na rede com ela, filho na barriga, pés no chão e na vida nos Encontrados. Amor.

D. Marlinda. Ela disse para Jonas que nunca entraria na lá na casa, nem para uma visita de uns minutinhos. Falou ainda que era amaldiçoada, só tinha trazido e ia trazer a desgraça para quem morasse lá. Que ele devia era de ter construído uma nova. Que ela tinha sofrido tanto dentro daquelas paredes, largada pelo pai dele, Jonas ainda tão pequeno. Que ela teve de criar o filho sozinha. Que se tivesse consideração por ela, para começar, nem teria se amarrado naquela moça que não era do lugar. E ainda mais agora estava de barriga.

— Ela só fica fazendo pergunta, xeretando a vida dos outros. E fica escrevendo naquele caderno, atrás de saber das histórias da gente. Para quem ela vai mostrar esses escritos? Vai falar mal de nós, dos Encontrados? É verdade, sim, tenho cisma. E não sou só eu, não. E esse negócio de ficar dando lápis e caderninho pras crianças? Por acaso essa moça é professora? É nada! Tem gente que não quer ela ensine as coisas da terra dela aqui, não.

— O que que é isso, mãe? Isso é coisa que se fale da nora? Da mãe do seu neto? Para de pôr veneno, mãe! As pessoas estão reparando na sua má vontade com a minha mulher. Já tem falatório, fiquei sabendo. E aí toca a tia Mazé tentar explicar pro pessoal o jeito que você trata mal ela. Pra que isso, hein? Essa moça tem nome, viu? É Flora. Flora! Eu gosto dela, mãe, eu escolhi ela! A senhora também implicava com a Maiara. E com a Li, a minha primeira namorada, lembra? Nenhuma mulher presta pra mim? Eu sou de ouro por acaso? Não tenho defeito não?

Jonas não conta para Flora a conversa com a mãe. Para que perturbar nesse momento em que ela está contente com a casa nova e a gravidez? Sabe que ela vem aturando com paciência as pequenas humilhações e desconfortos provocados pela sogra, implícitos na desconfiança e na indiferença: cada vez que comem juntos em sua casa, ela serve a cuia com mandioca cozida e peixe para o filho e para ela mesma e Flora precisa levantar da mesa e ir até o fogão para se servir. Ou quando chega na casa da irmã Mazé e finge não ver Flora no espaço tão pequeno, puxando assunto com quem estivesse por lá, menos com ela. O silêncio de d. Marlinda para com Flora é muito maior do que o dizer. Às vezes dirige à nora a boca torta em desdém. Ela procura os olhos de d. Marlinda para assim demonstrar que não era ameaça; mas como ela não corresponde, Flora passa a recear ser observada um dia. O desprezo e a displicência machucam Flora, ansiosa por ser querida. Não sabe como agradá-la. Nota que a sogra era o espelho às avessas de d. Mazé, por mostrar tudo o que não é semelhante. D. Marlinda está em outro patamar.

A distinção de d. Marlinda como vítima, a desventurada da família, é ofuscada por Flora, a moça triste e frágil da cidade que apareceu sem ninguém esperar e ganhou o amor de d. Mazé e de Jonas. E ela, como fica? Sem irmã e sem filho?

Ela se debate no rancor, no despeito. A mágoa pelo abandono do marido não vai embora, alojada no peito como faca. Mesmo depois de tantos anos. O filho não ia fazer a mesma coisa — não, ela não ia permitir.

Toda mãe conhece o filho. Vem notando que Jonas mira além das montanhas. Intui (e ele dá a entender, nas conversas) que está em busca de horizonte largo, reto, de terra plana que acaba em água: o mar. Isso é culpa da moça, só pode, a moça faz Jonas ter vontade de partir, de explorar o lá fora, como o pai dele, que nunca mais voltou.

...

Flora tranquila, balança sentada na rede da sua casa. Dá impulso à moda das crianças, esticando e encolhendo as pernas. Nota que estão um pouco inchadas. Cada vez que se aproxima da parede, recebe nos pés os respingos da chuva entrando pela janela e vê gotas grossas seguindo em riscos escorridos pelas folhas de brilho encerado da bananeira. Vontade de abrir a boca embaixo de uma delas, esticar a língua e recolher o fio de água.

Em breve vai tomar banho de chuva com o seu bebê. Menino ou menina? Quer que o bebê seja carinhoso, faz esse pedido. Acrescenta saudável e beijoqueiro, além de carinhoso. Inventa que um dia ela ou ele esqueceria um brinquedo lá fora e à noite pediria para o pai ir buscar. Mas o pai o levaria junto para enfrentar o medo do escuro. A margem do rio fundida nas sombras.

O seu pensamento se fixa nas águas experimentadas: a do mar, brava e salgada, que levou Irmão, a dor que não cede; e as águas amistosas, queridas e doces do rio. Brincar pulando sob a água-chuva forte, ela e Irmão, escondidos da mãe, que não deixava por medo de pegarem gripe. E a água da cachoeira, violenta mas sem hostilidade em si; cai com todo estardalhaço porque é inevitável, é o seu destino despencar do alto. Flora contemplou a sua força, segura dentro da lagoa pequena, estranhamente mansa e rasa, formada pela presença de pedras grandes em roda. Os pés tatearam o lodo mole e os seixos do fundo. Já o mar...

Mas agora só quer saber da água-mãe dentro da sua barriga, morna, embalando seu bebê.

Jonas irritado com a chuva. Está dando peixe, mas preferia estar em outro lugar. As gotas fazem caminho pela testa, nos dois lados do rosto e se concentram no queixo, antes de pingarem no peito. Um arrepio passa pelas costas nuas. Se estivesse de camisa não ia adiantar nada, ia ficar ensopado do mesmo jeito. A chuva vai se imiscuindo entre as tábuas da canoa. Ele tira a água empoçada no fundo com uma caneca de lata. Está no meio do rio. Tem que pescar o almoço e o jantar para ele, para a mãe e para Flora. E daqui a pouco ela vai comer por dois. Jonas acha que está no ponto para ser pai.

Imagina a cidade. Usar guarda-chuva quando chove, todo mundo de guarda-chuva. E nadar no mar, como será ficar com o corpo salgado? Ali está cercado de verde e de água, é como ilha no meio do rio, imóvel. Pela primeira vez assume para si mesmo que quer se desprender dali. Melhor a cidade, que não tem só duas margens, tem muitas margens mais.

Ouve uma gritaria de macacos na mata. Pode ser onça.

...

D. Olívia relê angustiada o último e-mail de Flora na varanda do apartamento, de frente para a névoa fina e para a chuva a cair sobre o mar impaciente, o vento eriçando o cinza das ondas. A vastidão do oceano, próxima e assustadora.

Não era para ter acontecido aquilo com ela. Com ela e com o marido. Tinham sua cota de sofrimento, imensa, perderam Filho, a morte prematura, a maior de todas as dores. Não podiam ser aquele tipo de gente a quem as desgraças do mundo perseguem. São boas pessoas, cumpridoras dos deveres, nunca fizeram mal a ninguém. E agora a filha, que desgosto. Grávida de um qualquer, morando não se sabe direito onde, no mato, um lugar no meio do nada, que não está nem no mapa. Eles merecem isso? Claro que não! Tem certeza de que Filho jamais teria causado essa contrariedade para eles. Tinha sido um rapaz que sabia valorizar os conselhos e orientações dos pais. Já Flora, não. Sempre problemática, sempre questionando. Percebe o ressentimento de Flora para com eles, a frustração. D. Olívia receava o carinho que Flora tinha a dar para ela. Mesmo sendo mãe, reconhecia a sua dificuldade em retribuir. Havia um muro; mas não admitiria nunca, para ninguém.

A filha está vivendo em uma cabana miserável, dormindo em rede, comendo peixe, banana, feijão e farinha, sentada em esteiras. Eles têm talheres? Só sabe da filha por um e-mail ou outro que chega de vez em quando; ela telefonou só duas vezes. Explicou que a comunicação era difícil, o vilarejo isolado; disse mais ou menos como vivia, o que fazia. É quase nada. D. Olívia não engole. Flora sempre se deu tão bem nos estudos, que desperdício. Quer afastar-se dos pais, é isso. Não entende o que tanto Flora busca e não encontra. Tão diferente de Filho. Disse que agora encontrou um homem de verdade. O que quer dizer isso, homem de verdade? Por acaso o seu marido, pai dela, não é? E os namorados que teve? E Filho, não foi um homem? Ainda por cima ficar grávida desse tal homem de verdade, não sabe sequer se cuidar. E nem consultou um ginecologista! Como vai ser o pré-natal dessa criança?

Sente uma fisgada na consciência, um certo acanhamento de desejar e torcer, diariamente, para que a pele do seu neto seja mais para clara do que para escura. O mais branquinho possível. Tem vontade de rezar para que isso aconteça, mas não tem coragem. Falta de espírito cristão. Se não fosse tão religiosa. Teme castigos de Deus e da sociedade, hoje em dia não se pode mais expressar esses receios à vontade, pelo menos em público. Ela e o marido suspiram juntos, temem juntos. Qual vai ser o futuro dessa criança? Ela vai ser bem aceita na escola? Será que eles vão tirar a certidão de nascimento? Eles não são casados. Casamento na tradição do povoado não é casamento. O rapaz vai reconhecer o filho? Será que pelo menos ele tem um sobrenome para passar para o seu neto?

Na fantasia de d. Olívia, Flora deixa o pai da criança lá no mato e volta para casa com o filhinho praticamente branco. Moreninho claro, mal daria para notar. Apesar das dificuldades que antevê, quer a filha e o neto com ela. As suas amigas todas já têm netos. Pensa com tristeza que Filho não vai conhecer o sobrinho.

Flora tinha demolido as suas últimas esperanças de mãe. Bem, talvez não as últimas. Resta o neto. Ou seria neta?

A chuva interrompe-se por instantes — como se esperasse uma resposta ao seu batuque nas folhas — para depois desabar com força redobrada, em linha reta na ausência de vento, pesada, em ordenamento paralelo. Sentada no banquinho, as mãos em volta da caneca com chá bem quente, d. Mazé inspira com agrado o aroma de hortelã.

Presencia o verde brilhante de águas e gotas contra as folhas da mata, e sorri ao pensar na barriga cada vez maior de Flora e na chegada do nenê. Seria como uma avó para ele, como se fosse mãe da sua menina. É assim que fantasia. Não tinha casado, não teve filhos, mas o sobrinho Jonas, Flora e o sobrinho-neto, os três iam preencher a sua vida e sua velhice com o mesmo amor e cuidado que tem e terá com eles. O contentamento de ter vivido para ver nascer essa criança!

D. Mazé acha importante ensinar o menino a ter confiança no mundo ao redor, do jeito que ensinou Flora. Vai ser mais fácil com ele, Flora já era adulta. Não é preciso se defender e se proteger contra a natureza, muito menos desafiá-la; é só se misturar com ela, compreender as palavras dela. A natureza não toma conta de ninguém, só ensina as pessoas a ficarem fortes. É preciso seguir pela vida sem temor.

O seu afeto por Flora tinha madurado nesses meses de convivência e por isso mesmo uma preocupação está se retorcendo na sua mente desde que os dois começaram o namoro. Tira o seu sossego. Marlinda não vai desistir do filho assim tão fácil. O que será que se passa na cabeça dela? Só sabe que a irmã está sofrendo, daquele jeito de ser dela, fechado. Compreende os motivos e respeita a dor da irmã, acompanhou tudo nesses anos. Sempre deu um jeito de fazer Jonas desistir das namoradas; ela não ia aguentar muito tempo sem agir. O que tentaria fazer dessa vez?

D. Marlinda concentrada nos pingos caindo do céu à própria sorte nas poças pequenas recém-formadas na terra do seu quintal, tragados por elas, não têm escolha. Desaparecem onde caem, se mesclam. Encostada no batente baixo da porta aberta, só um pouco mais alta do que ela, espera a chuva passar para ir até o roçado. Assim como os pingos, ela também não tem escolha: plantar, colher, cozinhar, lavar, varrer, cuidar. E perder. Mas faria de tudo para não perder mais uma vez. Já basta o marido ter entrado em uma canoa e ido embora, o desgosto igual até hoje. O filho pequeno para criar. Se não fosse o filho, o que teria sido dela? Agora um neto, filho do seu menino, crescendo dentro daquela mulher.

Tomara que aquela pancada de chuva não tenha destruído as covas que ela fez ontem para plantar mandioca. Porém iria preparada para fazer tudo de novo se fosse preciso. Outras covas e colher a couve.

Se for mesmo para nascer, que o nenê tenha pele bem escura como ela e o filho, que não tenha nada de brancura. Cabelo bem crespo, nada do cabelo escorrido e sem graça da mãe. Aí a família da moça não vai querer nem o seu filho e nem o neto por perto, escuros demais. Ela não quer nem pensar, mas e se o seu filho for embora para essa cidade perto do mar mesmo assim? Ninguém vai tomar Jonas dela, isso é garantido.

Sim, uma ideia. Se der tudo certo, Jonas nem vai mais querer ir para a cidade, vai ficar aqui nos Encontrados com a mãe. E aí a moça vai embora, sem o filho dela e sem o seu filho.

D. Marlinda recorda e enumera as plantas necessárias, aquelas conhecidas pela sabedoria ancestral das mulheres cansadas de barrigas e de filhos. Uma parte delas cresce no seu quintal, fica fácil. As outras encontra na floresta do outro lado do rio. Tem que pegar a canoa. Confere na lata, ainda tem um resto de açúcar. Cantarola, separando a cuia de cabaça para o preparado. Fazer uma garrafada e levar para a moça.

Umas cólicas fortes, chega o sangue e isso tudo tem um fim.

11

    Sentada no banco de caixote, cansada, os cotovelos sobre a mesa, mãos apoiando a cabeça, d. Mazé vigia Flora adormecida. O cabelo muito comprido e liso caindo para fora da borda da rede xadrez azul e branca, quase arrastando no chão. Atitude de mãe, está com a mão direita pousada sobre o filho, protegendo. A testa brilhante de suor, as expressões tensas e esporádicas do rosto revelam o sono agitado. Precisa ficar de repouso absoluto.
    Três dias atrás, no nascer do sol, a névoa ainda presente nas copas das árvores, d. Mazé tinha visto d. Marlinda atravessar o rio manso na canoa do seu Posidônio. Para fazer o quê, se ela não gosta de remar? D. Mazé tinha cismado com aquilo a manhã inteira, um pressentimento despontando. Tentou abafar.

Ao voltar da roça de batata-doce foi visitar Flora e a encontrou caída no chão, na esteira, encolhida pelas cólicas, um fio de sangue escorrendo perna abaixo. Sem dar tempo ao raciocínio, d. Mazé a ajudou a levantar-se e, apoiando a menina pelo braço, a levou andando encolhida até a rede.

Foi depressa para a floresta. Dois tipos de folhas e uma raiz salvariam o seu sobrinho-neto. A infusão de três plantas maceradas com rapidez e tarimba, e coadas em seguida. Deu o chá morno na caneca e em seguida tampou a boca de Flora com força para o líquido descer e ela não vomitar o gosto horrível. Dali a uma hora, deu outra caneca. De novo tapou e segurou firme a boca da menina; a ânsia de vômito, enquanto lágrimas escorriam pelo rosto afogueado de Flora e pela mão de d. Mazé.

Às vezes a moça solta um gemido, mexe as pernas em espasmos. Mas dorme profundamente, graças a Deus. Nem pensar ir atrás de Jonas para relatar o acontecido. Vai esperar ele voltar do rio. De que jeito contar que a própria mãe deu aquela garrafada para Flora? Não era nada um fortificante para mulher buchuda, como Marlinda fez a sua menina acreditar. E ela tinha tomado uma xicrinha, quatro vezes ao dia por três dias. No quarto dia, sangrou.

Tem vergonha do ódio da irmã por Flora, é uma tragédia para a sua família. Balança a cabeça como a espantar a desgraceira toda. Aquele apego de gente doente com o filho, o medo de Marlinda de ficar sozinha, a velhice chegando a galope. Como conviver com a irmã daqui por diante? Não vai dar para fingir que nada aconteceu. Cresce nela um pudor. Dali em diante tem a posse de um segredo a ser escondido dos vizinhos, dos parentes, precisa resolver esse problema junto com Jonas. D. Mazé tem vergonha de não saber o que fazer.

Ela entende de tristezas e de doenças. Sempre consegue resolver uma parte. A outra parte é de Deus e outra, ainda, é de quem procura ajuda. Costuma dizer que se a pessoa não se entrega à cura, não tem erva nem conversa nem reza que dê jeito. E a sua irmã Marlinda não se rende, não se entrega e não confia em ninguém. Bicho ferido e acuado ataca forte, com mais ousadia; e ela parece que quer mesmo é odiar e sofrer. Como é que d. Mazé pode confiar em quem não confia nela? A irmã tinha sido sempre assim, desde pequena, talvez desde outras épocas, outras vidas; poderiam ter aprendido tanto juntas. Se tivesse suspeitado do desatino da irmã, aquela raiva toda guardada, tantos anos. Respeita o sofrimento, mas ela não é mais a coisa Marrr linda, é perversa, desalmada. Vontade de trocar o nome de Marlinda que ela tinha dado, nome de inocente, de criança bonita e risonha. D. Mazé tem certeza de que a irmã pensava que, sem bebê, a nora ia voltar para a casa no litoral. Que ia desistir de tomar Jonas dela.

É caso de polícia, mas como provar? No vale nem tem polícia. Os habitantes dos Encontrados resolvem seus assuntos entre eles mesmos.

Naquele dia, o rio corria desalentado e triste como Dona Mazé. Mas é certo que a criança vai juntar o melhor de Jonas e o melhor de Flora. Acredita piamente. Disso tira sua força.

...

As águas despertam de repente do torpor da memória, a onda-criatura se forma no oceano, mais uma vez e de novo, sem nunca rebentar, imensa, sem nunca alcançar Flora e Irmão, que correm desesperados na areia em paralelo à ameaça que não se concretiza. De mãos dadas e arfando, olham um para o outro, e continuam correndo, enredados pelo pavor da morte que não se consuma... Ela só quer o fim daquela tortura, quer cumprir o seu destino, seja qual for.

Um rudimento de consciência diz para ela abandonar as lembranças movediças de Irmão; para aflorar, seguir o caminho da seiva em busca de luz, como uma árvore plantada em terra roxa, longe do mar. Da sua consciência emergindo turva, nasce o medo primevo de que o bebê se afogue no seu sangue. O vermelho transparente das águas do próprio ventre. Seu bebê. Irmão nas águas do mar. O útero repleto de sangue, onde boia um feto imóvel.

Acorda sobressaltada e se surpreende por não sentir cheiro de maresia e sangue, e sim de suor e medo. D. Mazé de costas para ela, fazendo alguma coisa no fogão à lenha. Conclui que foi salva. O bebê está salvo. Não se movimenta, não quer mostrar que acordou, precisa ficar sozinha com sua perplexidade e sofrimento. Refletir. Segura a barriga com uma das mãos e coloca a outra entre as pernas porque sente um pano grosso. Caso saísse mais sangue, decerto. Mas não vai sair, de jeito nenhum. Não pode. O pavor de perder o bebê.

Flora acossada pela fúria da sogra. Quer se enfiar em uma toca, como presa em fuga do predador. O que teria feito para provocar tamanha ira? A vida de d. Marlinda, cega, concentrada em separar os dois, agarrada a Jonas como sanguessuga. Como ela justificaria para si própria os seus atos para não se afastar do filho? Teria consciência do horror?

Dias atrás a visita de d. Marlinda foi inesperada e insólita, lá pelas dez, hora que Jonas não estava em casa. Não quis entrar nem sentar e nem aceitou o chá que Flora, acanhada com a atenção da sogra, ofereceu. Na porta, entregou o preparado em uma garrafa verde escura, dizendo que era um fortificante bom para mulher buchuda, para tomar uma xicrinha quatro vezes por dia; que quando terminasse, traria mais. Estranhamente, pela primeira vez, encarou Flora durante toda a conversa. Despediu-se depois de virar as costas e foi embora a passos rápidos.

D. Mazé, cismada com a irmã, talvez receosa de que ela magoasse Flora mais ainda, a tivesse a alertado de forma velada. Ou talvez tenha sido apenas mais uma das "lições" para sua menina, disfarçadas de conversa. Falou de espinhos, de plantas venenosas, de folhas peludas, de picadas e de mordidas de bichos peçonhentos, de onças e, principalmente, de pessoas.

— A onça a gente já foge dela, não tem jeito dela ser mansinha. Mas nem sempre é que a gente sabe qual planta é a que tem veneno, às vezes a gente esquece de tomar cuidado com espinho; mas eles estão lá, fazendo perigo. As pessoas também fazem tocaia às vezes, não é só onça, não. E você, menina, tem um jeito de quem pede proteção. Sei disso porque a vida traz de tudo pra gente. Sei porque vou vivendo e prestando atenção no jeito de ser das pessoas.

A garrafada. D. Mazé não precisou explicar. Flora percebe o seu embaraço, o desgosto. Como é possível a avó atentar contra a nora e o neto? Como ela chegou a esse extremo?

A luminosidade aguda entrando pela janela espeta os seus olhos. Um mal-estar a faz gemer e encolher-se na rede, atraindo a atenção de d. Mazé, que em seguida se aproxima com um sorriso, trazendo uma caneca de chá de hortelã cheiroso e uma tapioca quentinha.

Jonas entra em casa e se depara com Flora pálida, largada na rede, e a tia segurando a sua cabeça para que ela tome o chá. Intui. Deixa cair as varas de pesca, a cesta, e os peixes escorregam uns sobre os outros no chão e se espalham, ele avança para as duas, quase tropeçando.

— Quase perdi o bebê, quase, Jonas, d. Mazé me salvou! Salvou o bebê!

Ele se ajoelha ao lado da rede, Flora passa os braços em volta do seu pescoço e o aperta em um abraço de amor e desespero. Jonas a abraça por fora da rede e a levanta, praticamente a pega no colo, os rostos colados e quentes de chorar.

— Calma, filho, cuidado com ela, já está tudo bem agora. Não vamos cansar mais ainda a menina. Deixa ela quietinha na rede, ela vai cochilar um pouco, tem de descansar. Vamos conversar nós dois lá fora. Vem.

D. Mazé fala depressa, não quer deixar Flora sozinha por muito tempo. Explica para Jonas, fala a verdade. Que Marlinda tinha tentado abortar o neto com a garrafada que disse ser fortificante.

Foi a vez de Jonas abraçar a tia e soluçar. Por Flora, pelo filho quase morto antes de nascer, por ele mesmo e, em um primeiro momento, apesar de tudo, pelo desespero da mãe, que a fez chegar a tamanho desvario.

Ele também foi enganado. Pensou que a mãe estava querendo se aproximar de Flora, que elas iam se gostar, como família que eram. Tinha ficado contente com a iniciativa da mãe em trazer o remédio. Flora e ele teriam sossego, mais alegria, agora que o nenê ia chegar. Mas não. Transtornado, a revolta de Jonas contra a mãe cresce em minutos. Ele sabe, ninguém pode provar nada. Só havia o testemunho de d. Mazé, que nunca diria nada contra a irmã de público, no povoado. Não teria coragem. E eles não têm nenhuma evidência concreta para apresentar. E para quem, a polícia, que atua em um mundo tão distante deles?

Qual seria o castigo a se abater sobre a mãe?

Só resta um pouco do cheiro acre do preparado na garrafa de pinga reaproveitada.

...

D. Marlinda esfrega com força mais uma vez a cuia onde preparou a garrafada para Flora. Nojo da mulher que está madurando um filho do seu Jonas, daquela mãozinha magra, branca, transparente que dá até pra ver as veias, a mãozinha de pele fina e úmida, que segura a caneca de um jeito frouxo; nojo da boca que beija o seu filho, da saliva que se mistura com a de Jonas, como se esfregar a cuia ajudasse a limpar, apagar, a fazer sumir a moça, a mandar ela para longe dos Encontrados. Agora ela ia assustar, ia ficar com medo; ia embora, ia entender que ali não era o lugar dela. Ela não ia mais levar o seu filho para a cidade. Jonas vai ficar. Tem que ficar. Tem que largar da moça. Jonas não ia mais dar filho para ela. Ela não ia mais tirar Jonas da mãe dele. E ela era a mãe. Tinha criado ele com sacrifício. Ninguém é mais importante que mãe.

De repente d. Mazé entra sem anunciar sua presença com "ô de casa" e nem bater palmas. Começa a falar direto, gaguejando de nervoso.

— Você fique sabendo que a Flora e o menino tão bem. A criança vai nascer com saúde. Fiz meu chá e dei pra ela, deu tempo de salvar o menino. Por causa de que você fez isso, Marlinda? Você não pensou que é seu neto, é seu sangue?

— Fiz o quê, Mazé? O que foi?

D. Mazé expõe.

— Coitada dela. Dei foi um fortificante pra moça, só foi isso.

— Larga de ser mentirosa! Fingida! Assim desse jeito é que você vai ficar sem o filho que tanto você quer prender.

— Não se mete comigo, Mazé. Você fez muito por mim e pelo Jonas a vida toda, tenho gratidão. Mas não estraga, não se mete no meu caminho. Você não sabe nem nunca vai saber o que é ser mãe, Mazé, nunca carregou filho nessa tua barriga seca, nunca pariu, nunca teve homem que te abandonou. Não sabe o que é criar filho no padecimento, depender de caridade dos outros porque não tem marido, nunca passou por essa humilhação, você não sabe é de nada.

— Então só te digo que é melhor você não se achegar no Jonas por um bom tempo, Marlinda. Ele está desarvorado de raiva. Como ele vai ter consideração? Como é que ele vai perdoar a mãe?

12

Flora não admite nem para si mesma, mas está ansiosa e cheia de curiosidade para ver o conteúdo da encomenda que a mãe mandou. Relutou em aceitar. Ali, na margem do rio correndo tranquilo, prestes a subir na canoa para ir buscar a caixa no correio de Saruê, chega à conclusão de que agiu certo ao baixar a guarda e receber os presentes para ela e para o bebê. A sua gravidez, a perspectiva de serem avós a teria tornado visível para os pais? E o seu maior desejo: essa atitude estaria acompanhada de afeto genuíno?

Os dois estão ao lado da embarcação e o vestido apertado de Flora a impede de abrir e levantar a perna para subir na canoa. A barriga grande na frente de tudo - ocupando lugar na rede onde dormem, nas conversas e nos pensamentos. Quanto espaço ocuparia na vida dos avós, tão longe desse neto por nascer? O filho vai ocupar o decorrer do futuro. Empecilho? Não, por enquanto está contente.

Tomara que encontre na lojinha tem de tudo uma saia ou vestido mais largos para comprar, para ela e o bebê caberem com conforto. Talvez até achasse tecidos para costurar à mão batas compridas e largas pelo prazer de produzir ela mesma uma vestimenta para os dois, ela e o filho, enquanto estivessem nessa ligação tão profunda e intensa, que nunca mais se repetiria depois do nascimento.

Puxa a barra do vestido acima da barriga de sete meses e, com a ajuda de Jonas, passa a perna por sobre a borda do barco. Entra e senta rapidamente, a canoa balança, o seu ponto de equilíbrio não era o mesmo.

Quer remar um pouco, fazer um pouco de exercício, mexer os braços, mas Jonas não deixa, é perigoso fazer força a essa altura da gravidez. Ele tem razão. Ela ainda terá que fazer a ida e a volta da extensa trilha da mata, em ritmo lento, até chegarem a Saruê.

Só pensa no conteúdo da caixa. Tinha pedido para a mãe mais cartões de memória para a câmera fotográfica. Cada vez mais fotografa temas da natureza; receia abusar da paciência dos moradores do povoado, incomodar. Menos as crianças. Elas adoram aparecer no visor da câmera. Tem dezenas de fotos das meninas pulando amarelinha ou dançando em roda. Os meninos descalços, só de shorts, sempre às voltas com o futebol com bola de pano ou jogando capoeira; só se juntavam às meninas para brincar de pega-pega ou esconde-esconde.

Agora tem mais tempo para fotografar, colher histórias e fazer anotações; não está mais ajudando d. Mazé na roça, ela não quer — a menina não é muito rija — só a ajuda a preparar os peixes para secar. Dá para descamar e limpar sentada em um banquinho, quando se cansa de ficar em pé. Cuida da sua casa, varre com vassoura de palha de milho feita por ela, cozinha no fogão à lenha. Habilidades aprendidas com d. Mazé. Ela queria lavar a roupa deles, Flora não permitiu; também não é para tanto, ela aguenta o serviço. Só não consegue mais carregar a carga e o peso de buscar água no rio; é Jonas quem vai e enche os dois latões grandes da sala-cozinha.

Flora se ajeita na canoa de modo a colocar as duas mãos na água, relaxa com a cadência dos remos perfurando o rio. Devaneia sobre os enigmas das águas-chá curativas que tomou para a dor e a inflamação quando torceu o pé, para medicar a malária, e a que salvou o bebê do aborto; a água-amniótica onde ele repousa e cresce naquele momento; as águas bravias que afogam e limpam, salgadas e doces; águas com gosto de terra e folhas, águas com saber. *"Espelho de água trêmula / lugar não revelado / brilho e sombra."*

Jonas, em silêncio, contempla o rosto sereno de Flora. Agrada a sua mulher com mel de uruçu, com begônias da mata. Trouxe uma bromélia que deve florir justo quando o nenê nascer. Conversam comprido, balançando suave na rede, depois que anoitece. Assa espigas de milho no fogão quando ela tem fome antes de dormir. Quer que ela fique tranquila, que o seu filho nasça forte. Nunca mais falaram ou conversaram sobre d. Marlinda e o que ela tinha feito. O desejo dele era arrancar aquela coisa terrível da vida deles, pela raiz, mas nunca seria possível. Desde o acontecido, não a viram mais.

Flora chega exausta e um pouco irritada à vila de Saruê. Desta vez, a beleza das árvores não suplanta a caminhada longa, a umidade, as picadas de mosquito, as pernas inchadas arranhadas pela tiririca. Talvez por estar no final da gravidez. Está bem mais acostumada a andar pela mata fechada, sempre faz companhia à d. Mazé quando à procura de ervas, mas continua a dedicar uma atenção exagerada aos sons. Medo de onça. De insetos. Não se esquece das conversas com seu Posidônio na sua primeira ida à Saruê.

Descansam em um banco da praça. Flora estica as pernas sobre o colo de Jonas e assistem a três meninos jogando bola na rua de terra, disputando espaço com as motos que passam levantando poeira. Uma mocinha leva uma garota pela mão. Cruzam a praça carregando uma sacola de onde brotam verduras pela borda. Devem ser compras para completar o almoço.

No correio, Flora cumprimenta a atendente. Já se viram algumas vezes, ali, na agência. Ela elogia a beleza da barriga grávida, pergunta se aquele moço é o pai, e a conversa vai longe. Flora tenta cortar o assunto com delicadeza, não vê a hora de pegar a encomenda. Retira também o dinheiro do vale postal enviado por Jamile; a amiga já tinha avisado por e-mail que o dinheiro está no fim.

Jonas leva a caixa pesada até o boteco (Flora se arrepende de não ter trazido a mochila, teria ficado bem mais fácil de carregar); sentam-se à uma mesa perto da entrada, e ele a coloca sobre uma cadeira, entre os dois. Ela pede um suco de laranja e um pão com queijo e tomate, já rasgando apressada o papel pardo que a envolvia, e Jonas, segurando os pedaços que voam antes que caíssem no chão, opta por uma cerveja e um sanduíche de carne.

A primeira coisa que Flora encontra logo ao abrir a caixa de papelão é um envelope branco, por cima de tudo, endereçado com a letra da mãe: "Para Flora e nosso neto". Abre, entusiasmada, com vontade de encontrar uma carta com conversas sobre gravidez de mãe para filha, com conselhos, desejos de que o parto corra bem, que a criança nasça com saúde, as primeiras palavras para o neto com as boas-vindas ao mundo. Coisas assim. Mas não. O envelope continha dinheiro. E os cartões de memória. Nem um bilhete, nada. A moça do correio tinha sido mais carinhosa.

No fundo do envelope encontra os votos de bons augúrios dos seus pais na forma de um folheto, um pouco amassado, com a imagem de Nossa Senhora do Bom Parto e uma oração impressa ao lado.

Ó Maria Santíssima, vós, por um privilégio especial de Deus, fostes isenta da mancha do pecado original, e devido a este privilégio não sofrestes os incômodos da maternidade, nem ao tempo da gravidez e nem no parto; mas compreendeis perfeitamente as angústias e aflições das pobres mães que esperam um filho, especialmente nas incertezas do sucesso ou insucesso do parto. Olhai para mim, vossa serva, que na aproximação do parto, sofro angústias e incertezas. Dai-me a graça de ter um parto feliz. Fazei que meu bebê nasça com saúde, forte e perfeito. Eu vos prometo orientar meu filho sempre pelo caminho certo, o caminho que o vosso Filho, Jesus, traçou para todos os homens, o caminho do bem. Virgem, Mãe do Menino Jesus, agora me sinto mais calma e mais tranquila porque já sinto a vossa maternal proteção.

Nossa Senhora do Bom Parto, rogai por mim!

Ligeiramente atordoada, talvez pelo cansaço, talvez pela ansiedade dissolvida por aquele envelope inesperado, lê a oração:..., *mancha..., pecado... sofrer os incômodos..., angústias e aflições das pobres mães..., incertezas... insucesso... serva... bebê perfeito... prometo...* Qual o *caminho do bem* ela deveria ensinar ao filho? E o seu caminho, estaria certo? Precisaria mesmo prometer alguma coisa a alguém para o filho nascer com saúde? Aquelas palavras não dizem respeito a ela. As mulheres não precisam sofrer. Ela merece sofrer e ser castigada? Irmão. E quem vai rezar por quem não tem culpa de nada? Por seu filho, por Jonas? E por Irmão?

— Flora! Flora! Que foi? Você está ficando muito branca! Tá passando mal? Fala comigo! Fala!

— Tudo bem, tudo bem. O pensamento foi longe, fiquei meio tonta. Só isso. Só isso, Jonas.

— O que é que está escrito nesse papel? Deixa eu ver.
— Em casa eu mostro. É melhor mudar de assunto.
— Mas eu quero saber o que te chateou.
— Depois eu conto. Agora não.

A dona do bar se aproxima, olhando fixo para Jonas. Acha que ele está brigando com Flora.

— Estão precisando de alguma coisa? Você, com esse barrigão, é melhor não passar perrengue.
— Não é nada, não se preocupe não, obrigada. Já estou melhor. Acho que estou sentindo falta de comer alguma coisa salgada. A senhora faz batata frita?
— Mandioca frita dá pra sair.
— Então eu quero.

Enquanto comem dão uma olhada por cima, tirando uma peça ou outra pelos cantos da caixa e logo atochando de volta. Um casaquinho de tricô amarelo e branco, um macacão de moletom azul. Fraldas de pano. Jonas começa a puxar um tecido comprido e colorido. Flora faz sinal para ele parar e empurra de volta para a caixa, dizendo que provavelmente era um lençol ou colcha para o bebê. Ou seria um vestido para ela?

Estão atraindo a atenção dos fregueses do bar e dos passantes. Também eles parecem curiosos para saber o que tem no interior da caixa. Ela está vazia daquilo que Flora mais quer.

...

Jonas juntou os três lampiões da casa sobre a mesa. Desde que chegaram de Saruê, Flora não cansa de dobrar e desdobrar, arrumar e desarrumar as pequenas pilhas de roupinhas, fraldas, uma manta de crochê e um cobertor. D. Olívia tinha mandado uma calça comprida e uma bata bem folgadas. Flora gostou; usaria a calça ao anoitecer, para se proteger dos mosquitos.

Jonas vira e desvira nas mãos as chupetas, um mordedor, mamadeiras e a escova para limpeza. Para que tudo aquilo? Flora vai dar de mamar. Um chocalho de plástico transparente, cheio de bolinhas de todas as cores. Um ursinho de pelúcia marrom e laço vermelho no pescoço. Os dedos correm o tecido aveludado, apertam a barriga fofa. Nunca teve esse tipo de brinquedo. Tem a impressão de que não fizeram falta. Pretende dar uma bola de presente para o bebê. Será que vai ser menino? Mas se for menina, tudo bem.

Compraram tecidos para Flora fazer uns três vestidos e os lençóis para forrar o colchãozinho feito de paina. O berço será o cesto de palha que d. Mazé está tecendo.

Uma última surpresa. No fundo da caixa, um livro sobre vários tipos de parto natural. Carinho de amiga. Esta era a maneira de Jamile preparar Flora, ajudá-la a atenuar riscos, protegê-la daquela insanidade de ter um filho no meio do mato pelas mãos de uma parteira analfabeta. Juntou uma carta expondo os seus argumentos, pedindo para Flora reconsiderar, ainda havia tempo; no mínimo levar em conta a segurança do filho e fazer o parto em um hospital, ou em uma clínica. Mas mandou o livro, prevendo que a amiga não mudaria de ideia. Jamile estava desconectada dos saberes femininos antigos, assim como ela, Flora, também estava até morar nos Encontrados. Um dia conversariam sobre aquelas vivências.

• • •

— Aqui você não vai precisar de nenhum livro. É bonito, tem muita figura colorida e fotografia explicando; é bom, mas a Palmira sabe mais, você pode ficar sossegada. Quem nasceu nos Encontrados pra baixo duns trinta anos foi Palmira que trouxe. Já chamaram ela em Saruê, já veio gente até da Lagoa do Rudá buscar ela pra fazer parto. Ela sabe como ajeitar a barriga de uma mulher, cortar o umbigo. Ela tem muita prática, e não é de livro, não, é de botar criança no mundo mesmo.

— Tia, se ela se sente bem lendo o livro, deixa ela. Foi a Jamile que mandou, lembra da Jamile?

— Lembro, sim. Gostei daquela moça. Deixo, claro que deixo. Quem sou eu pra deixar a Flora fazer ou não fazer as coisas?

— D. Mazé, confio na d. Palmira, eu vou me colocar nas mãos dela, a senhora sabe. Já está resolvido, não vou para a clínica da Lagoa do Rudá. E vou fazer o parto com ela porque a senhora me aconselhou. Mas quero entender o que está acontecendo com o meu corpo, com o bebê, saber como o parto funciona, entende?

— Entendo. É que você acredita na língua dos livros, você cresceu com eles a vida inteira. Sente firmeza com eles. Está certo. Tudo bem. Eu tenho que entender isso também. Uma coisa não briga com a outra, é tudo saber.

— Tia, quer mais peixe? E farofa? Passe o prato.

Flora, com um pedaço peixe na mão, chupa as espinhas, o caldo começa a escorrer pelo canto da boca.

— Menina, você está gulosa, o molho vai pingar, assim você vai melar o seu livro!

Flora afasta o livro com a outra mão, acha graça.

— Jonas, lembra como ela era pra comer? Só escolhia para pôr no prato o que estava perfeito, separava o queimadinho da batata-doce, não mastigava pedaço de cebola do feijão. Lembra? Descascava a manga inteira, depois cortava e comia um pedaço de cada vez. Agora chupa manga de se lambuzar toda, enche a boca de abacaxi até escorrer pelo queixo.

Jonas, rindo.

— E já viu os pés dela, tia? Parece até que nasceu e cresceu aqui. Cor de terra, anda descalça! E tinha medo de atravessar o rio, de tomar banho na cachoeira. Precisei convencer ela, não foi, Flora?

— Tenho que reconhecer, é verdade. Mas gente, já estou há mais de um ano aqui, estava na hora de ter mudado um pouco o meu jeito de quando cheguei, não é? Fui me acostumando aos poucos. Bom, tem uma coisa que eu não mudei, e vai ser difícil mudar: o medo de insetos.

— Vamos ver, né, filha, o que você vai me dizer daqui a uns cinco anos. Será que você vai estar igual a hoje?

Flora e Jonas param de sorrir e de falar. Ambos surpreendidos pelas palavras de d. Mazé, naquele momento sem compreenderem muito bem o porquê, cada um por seus motivos, se perdem em reflexões.

...

Começam as dores. Flora se esforça para tirar da cabeça a oração a Nossa Senhora do Bom Parto — ou para se apegar à parte *Dai-me a graça de ter um parto feliz. Fazei que meu bebê nasça com saúde, forte e perfeito*. Ou apenas à *agora me sinto mais calma e mais tranquila porque já sinto a vossa maternal proteção*. As mulheres que concretamente vão trazer proteção a ela chamam-se Mazé e Palmira. Não tem nenhuma Olívia, sua mãe.

Jonas assiste impaciente à contagem das contrações como ensina o livro, Flora respirando com ritmo, marcando no velho relógio de corda que foi do pai.

— Chega de ver você nessa agonia, com essa dor, contando sem parar. Tenho que fazer alguma coisa. Vou chamar a d. Palmira. E a tia Mazé. Agora. Mas você vai ficar bem aqui sozinha? Tudo bem? Tem certeza?

— Então vai logo, Jonas!

13

O primeiro a surgir na beirada da clareira, afastando os arbustos da trilha apertada, abrindo caminho, é Feliciano. Flora o reconhece, o moço simpático da pousada da Lagoa do Rudá. A última cama em que ela dormiu antes do acidente na trilha, antes dos Encontrados.

Logo após sr. Ulisses e d. Olívia, com chapéus de palha enormes, arfando, aliviados por entrarem em local aberto e sombreado, depois da estreiteza da trilha. Espantam mosquitos, tiram folhinhas coladas à pele úmida dos rostos e dos braços; são seguidos por mais três rapazes em fila, cada um lombando dois volumes, entre malas e pacotes. Sem contar a mala enorme, lotada, trazida por Feliciano.

Ocupam o espaço amplo da clareira em frente à casa de Flora e Jonas; os rapazes respiram pesado, gemem ao pousar o peso da carga no chão, fazem graça entre eles, quem tem mais força, quem é o mais frouxo?

As malas e pacotes desenham uma quantidade incomum de sombras quadradas na terra acostumada a receber o redondo das sementes; provocam uma estranheza difícil de definir, assim como os sons acelerados e rascantes da linguagem forasteira.

Sentados na pedra-banco embaixo da árvore, do lado contrário da boca da trilha, Jonas e Flora, com Samuelzinho no colo, observam estupefatos o desfile inusitado. Pela mente de Flora disparam flashes de filmes antigos em branco e preto, exibindo procissões de carregadores nativos em safáris na África.

Antes de serem notados, ainda têm tempo de reparar na reação dos dois visitantes quando avistam a casa deles: como em uma coreografia, ambos dão um passo atrás, as expressões invadidas pelo espanto. Os braços caem, flácidos, e a falta de palavras toma conta. Pequena, de pau a pique, caiada de branco, o telhado de palha meio torto — Flora sabe que eles enxergam só a pobreza e o isolamento, enquanto ela também vê simplicidade e completude.

Os três não se movem, até Samuelzinho. Olham fixo para a cena. Por fim d. Olívia se vira, os vê e eles começam a se aproximar. D. Mazé e seu Posidônio chegam pelo outro lado da clareira.

A primeira coisa que Samuelzinho faz é inclinar o corpo na direção de d. Mazé dando gritinhos e estendendo os braços para ela. Alguns segundos de indecisão, Flora olha para a mãe e em seguida para a amiga, ao seu lado. Não sabe se entrega o bebê para ela, mas intui que a mãe gostaria de segurá-lo primeiro. Jonas decide por ela. Depois de cumprimentarem com um boa tarde rápido o seu Posidônio e a d. Mazé, põe a mão espalmada nas costas de Flora e a conduz com delicadeza em direção ao casal, enquanto Samuelzinho se vira para d. Mazé, logo atrás.

Percebe o cenho levemente franzido da mãe, a expressão contida. Flora a conhece bem. Estaria examinando, analisando a cor da pele do seu marido e do seu filho? Os cabelos crespos? As roupas simples e desbotadas do homem e da mulher mais velhos, a mescla de etnias deles todos? Teria percebido de imediato a ligação estreita entre ela própria, Samuelzinho e a senhora que a mãe ainda não sabia quem era? Seria a sogra de Flora? Uma babá? E o homem, o sogro? A primeira imagem que d. Olívia retém de Samuelzinho é a do bebê querendo mudar de colo, de costas para ela e as perninhas balançando. Reconhece a camiseta amarela e vermelha que tinha mandado pelo correio, há meses.

— Mãe, pai, que bom que chegaram! — abraça o pai e em seguida a mãe, com um braço só, o menino no outro, e em seguida o entrega para eles, orgulhosa, sorrindo com o rosto inteiro como a exibir a beleza e a saúde do menino que foi capaz de gerar e de trazer ao mundo.

— Este é o Samuel. Samuelzinho, veja, o vovô e a vovó! Eles vieram de longe para conhecer você.

D. Olívia pega o bebê, em dúvida se chora ou ri.

— Jonas, o meu marido — um pouco acanhado, ele estende a mão e cumprimenta os sogros.

— Que menino bonito! Não é, Ulisses? É o netinho da vovó! É mais parecido com você, Flora.

Flora imagina o que ela quer dizer com isso, já que a criança é a cara do pai. Seria pela cor da pele? Samuel era mais para o claro. É provável que fosse.

— É um meninão, filha. Parabéns!
— Obrigada, o nosso filho é lindo mesmo.
— Muito prazer em conhecer vocês. Quero apresentar a mi-

nha tia Mazé e o seu Posidônio, amigo da nossa família. Foi uma sorte eles chegarem agora, bem na mesma hora que vocês.

Apertos de mão e trocas de olhares, de parte a parte. Onde estariam os pais de Jonas?

Samuelzinho choraminga e estica os bracinhos, querendo sair do colo da avó. Jonas o pega de volta.

— Entrem, pai, mãe. Vocês devem estar mortos de cansaço. Venha, d. Mazé, seu Posidônio. Vamos tomar cafezinho, fazer um lanche.

— Bom, então chegamos, é aqui, sr. Ulisses. Já encontrou a sua família, está tudo bem, então agora vamos acertar? A gente ainda tem que fazer todo o caminho de volta, e o pessoal carregou bastante peso.

— Claro, Feliciano, desculpe, me distraí. Faz quase dois anos que não vejo a minha filha. E conhecer o netinho dá muita alegria — tira a carteira do bolso e entrega o dinheiro combinado.

Jonas ajuda os rapazes a levarem as malas para dentro.

— Esperamos vocês daqui a quatro dias, na quinta-feira cedo para nos buscar, combinado? Vai ter bem menos bagagem.

— Tão pouco tempo, pai?

— Não queremos incomodar, filha. Não é mesmo, Ulisses? E depois, temos esperança de que você volte logo para casa. Vocês.

— Bom, mãe, acho que ainda não é hora de falarmos sobre isso. Vocês acabaram de chegar, nem entraram na minha casa! Feliciano, você não quer água, ou uma fruta? E os rapazes, não querem?

Aceitaram. Flora leva uma bilha de água, copos e uma cesta com bananas e mangas para eles lá fora. Não cabem todos dentro da casa.

Acomodados nos banquinhos em volta da mesa e sentados nas redes, tomam café e suco. D. Mazé ajuda Flora com as tapiocas. A todo momento d. Olívia contempla a filha, mais magra, de cabelos mais claros, descoloridos pelo sol. Surpresa com o seu desembaraço no fogão à lenha, esquadrinha o ambiente, admirada e penalizada com o despojamento da casinha, a bacia de ágate em que lavaram as mãos, a toalha de rosto de pano de saco, os copos de vidro reaproveitados e as canequinhas de café. Não tem assoalho, o piso é de terra batida coberta de esteiras. Não tem camas. Não tem luz elétrica. Não tem água encanada. Vão dormir nas redes? Só de pensar as costas começam a doer. E o calor? Tem pernilongos?

O bebê no colo de Jonas, abraçado a ele, estranhando os avós. Desconfiado e curioso, examina os estranhos, mas se entretém com a conversa entusiasmada entre o pai, sr. Ulisses e seu Posidônio. Peixes de rio, peixes de mar. Redes, linhas, anzóis, canas e varas. Difícil descrever detalhes de carretilhas para quem nunca teve uma nas mãos. Ou de como pegar pitus para quem não tem o conhecimento para escolher o bambu, cortá-lo em tiras, nem a destreza para fazer o feitio dos covos amarrando com cipó fino. Imaginar como seriam iscas de metal e de plástico colorido em formato de pequenos peixes, para pescar peixes mais pesados do que pessoas. Ou como colocar a chumbada com o peso certo na linha e senti-la tocar o fundo do rio.

Flora, ouvindo, troca sorrisos com d. Mazé, contente com o rudimento de vínculo que adivinha estar sendo forjado entre eles. Pescarias. Pescarias no mar. Irmão adolescente mexendo escondido nas varas e carretilhas do pai, ela só espiando, cúmplice de Irmão em todos os momentos. Como queria que ele estivesse ali, junto, que conhecesse o seu filho, brincasse com ele. Sua mãe atenta, reparando em tudo, mas apartada. D. Olívia apenas elogia as tapiocas de d. Mazé; ela agradece, mas a conversa entre as duas não segue adiante. Samuelzinho estende os braços para d. Mazé, vai um pouco para o colo dela enquanto Flora e Jonas comem. Ainda recusa a avó. De cara feia, desiste de aproximar-se do neto.

Mais para o fim da tarde, Flora amamenta Samuelzinho em uma das redes da sala-cozinha. Seu Posidônio e d. Mazé tinham ido embora e Jonas estava com sr. Ulisses, mostrando o rio, a canoa, varas e covos. D. Olívia tenta ajeitar o corpo cansado na rede, adaptando-se à singularidade de um assento instável.

— Amanhã ele vai para o seu colo sem chorar, tenho certeza, mãe. Hoje foi um dia muito agitado, o Samuelzinho não está acostumado a ver tanta gente junta. Os homens carregando tudo aquilo. Nunca tivemos seis pessoas dentro de casa. Ele estranhou.

— Sei, entendo que criança estranha. Só não gostaria que daqui para a frente ele confundisse a avó verdadeira com aquela senhora, dona... como é mesmo o nome dela, filha?

— D. Mazé. É impossível de acontecer uma coisa dessas, mãe, ele tem só sete meses. Foi ela quem me curou depois do acidente, me acolheu, uma pessoa incrível, boníssima, um ser humano único.

— Todo ser humano é único, Flora. Mas, e a sua sogra, vou conhecer? Você me contou que ela não tem marido, mas ele mora aqui, não?

— O marido foi embora da região, deixou Jonas e ela sozinhos, ele tinha uns dois anos. Não, você não vai conhecer a d. Marlinda, nós não nos damos bem, estamos brigadas. Ela tem muito ciúme do filho e se intrometia demais na nossa vida.

— Você nunca teve pendor para a diplomacia, não é? Precisava se indispor com a mãe do seu marido? Bem, se é que podemos chamar o Jonas assim. Ou o pai do seu filho. Pelo menos até vocês se casarem, se é que vão se casar. Como vai ficar a certidão de nascimento do Samuel?

— Eu vivo aqui, mãe, eu que tenho que resolver. E eu escrevi para você e o papai dizendo que casamos de acordo com o ritual do povoado. Ele é meu marido, sim. E não tem nada de errado com a certidão do meu filho. O Jonas registrou o Samuelzinho no cartório da Lagoa do Rudá.

— Você anda cheia de certezas, hein, Flora? Não leva mais em conta a minha opinião, está mudada. Por um lado isso é bom...

— E por qual lado não seria?

— Que agressividade! Se acalme, você está dando de mamar, vai perturbar o menino! Aliás, até quando você pretende amamentar? A mulher precisa se cuidar, filha, cuidar do corpo. Como vão ficar os seus seios? Não tem necessidade de ficar muito tempo, seis meses é o suficiente. É um exagero ir além. E o Samuel já tem sete meses.

— Os meus seios não são motivo de preocupação agora, o que eu quero é a melhor saúde possível para o meu bebê. Mãe, até agora você não me perguntou como foi o parto. As mulheres sempre querem falar sobre os seus partos, contei o meu e acho que ouvi boa parte das mulheres do vilarejo descreverem os seus. E a minha própria mãe não pergunta.

— Você sabe que tenho dificuldade com esse assunto. Falar sobre partos me faz lembrar o parto do seu irmão, que foi...

— Foi o quê, mãe? O que aconteceu?

Flora já sabia, mil vezes tinha ouvido a história. Mas pergunta porque agora, como mãe, compreende a necessidade das mães repetirem suas histórias.

— Demorado, sofrido. Seu irmão nasceu depois de vinte e seis horas de trabalho de parto, de dor, de medo. Enfim. Já você nasceu em mais ou menos sete horas. Pelo menos isso. Foi mais tranquilo comparado ao do meu filho, do meu querido — que saudade, é uma tristeza que não passa!

— Tudo bem, mãe, vamos parar de conversar sobre isso. Uma outra hora, quem sabe. Só queria dar o meu testemunho de mulher. Mas Irmão está presente até na história do nascimento do meu filho.

— Não, não, pode contar, Flora, uma avó deve saber como nasceu o neto.

As mães deveriam gostar de saber como as filhas deram à luz.

...

— Jonas vai dormir na d. Mazé, pai. Assim a gente fica com mais espaço aqui. Vou dormir com o Samuelzinho na rede do quarto e vocês nas redes da sala. O quarto ficou mais do que lotado com as malas. De madrugada esfria, mas as brasas do fogão vão deixar vocês quentinhos.

— Mas e se acontecer alguma coisa? E se entrar um bicho na casa? Vamos ficar aqui sozinhos?

— Eu já moro aqui há quase dois anos, mãe. Estou praticamente acostumada. Se precisar, eu grito.

— Grita?

— É, grito. O som corre pela mata. Não dá para ouvir, Jonas?

— Daqui até na tia? Acho que dá, sim. Depois podemos fazer um teste — e deram uma gargalhada.

— Calma, Olívia, eu estou aqui. Velho *e* forte.

— Não vai acontecer nada de ruim. Flora até já matou filhote de cobra! No máximo vocês vão ouvir um miado de onça, canto de mãe-da-lua, piado de coruja... coisas assim.

D. Olívia, de olhos bem abertos percorrendo as chamas dos lampiões e as sombras tremulantes e compridas nas paredes, torce as mãos e nem se digna a responder.

— Vamos experimentar essa força na pescaria amanhã, sr. Ulisses?

— Vamos, Jonas. Nunca pesquei em rio, vai ser uma bela experiência.

— Então amanhã é o senhor que vai trazer o almoço pra casa!

— E amanhã abrimos as malas, mãe. Nossa, vocês trouxeram tanta coisa! Nem tenho onde guardar. Estou super curiosa, mas à noite, com essa escuridão, fica mais complicado para ajeitar tudo. Muito obrigada, acabei não agradecendo a vocês.

— Tudo bem, não precisa agradecer. Queremos dar um pouco mais de conforto para você, para o Samuel. Você estava acostumada a outro nível de vida, não é mesmo, Ulisses? Afinal aqui é tão longe de tudo, é tão difícil, é...

— E nós agradecemos mesmo. Bom, vou indo pra tia. Quer que eu ponha o Samuelzinho pra dormir, Flora?

— Só queremos ajudar, Flora, é isso que a sua mãe quer dizer.

— Ele está quase dormindo, Jonas, já vou para o quarto com ele. Mas você pode tirar a mesa e ajeitar a louça na bacia antes de ir? Amanhã cedo eu lavo.

— Quer que eu ajude, filha?

— Pode deixar, d. Olívia, eu faço isso. Se a Flora precisar de alguma coisa com o menino, aí a senhora ajuda.

...

A galope nos joelhos do avô, Samuelzinho ri; e o sr. Ulisses, os olhos à beira de transbordar. A memória vivificada pelos mesmos gestos com que brincou com o Filho. Flora atenta, emocionada, capta ali a presença volátil de Irmão.

Com o caderno à sua frente e caneta na mão, resolve cumprir a promessa feita a Jamile de relatar em forma de carta, com muitos detalhes, o parto.

A folha está respingada de um amarelo claro já seco; ela tinha derrubado um pouco chá de erva-doce ao despejar na mamadeira do bebê, enquanto passava a limpo na outra página uma história de assombração. Uma sobrinha do seu Natalino conhece muitas, Flora registra. Mantém a escrita da carta na página manchada pelo chá porque sabe que Jamile vai gostar de imaginar os detalhes da cena ao ver as pequenas nódoas. E com certeza ia pedir para ler esse relato.

Jamile vai gostar de saber das suas sensações a partir de quando o líquido amniótico escorreu pelas suas pernas, morno; de quando viu o sangue vermelho-vivo da placenta e dias depois experimentar o sabor adocicado do leite esguichando dos seus seios; esses novos líquidos a levaram para o início da jornada de se tornar uma mulher-mãe.

E como descrever a dor? A sua incapacidade de construir imagens com palavras inertes é frustrante, mas quer transpor para o papel o que passou. Que falta faz um simples telefone. Retratar a potência das coxas para se manter de cócoras. Reproduzir a força avassaladora das contrações. Percorrer o universo dessa dor ao longo das suas fibras. Chamar a morte para dar um fim àquele suplício. A velocidade com que o bebê escorregou de dentro dela e foi aparado por d. Palmira. D. Mazé com ela, ajudando o tempo todo, segurando a sua mão, incentivando no fazer da força, acarinhando. A dor cessa. Não sentir dor nenhuma, depois de ter sentido toda a dor possível. A substância da sensação de segurar o filho acetinado pelos fluidos esbranquiçados e cremosos. Flora não era bonita, não se achava bonita, nunca tinha feito nem criado nada bonito até aquele instante — o seu filho era lindo. E de como, assim, foi conduzida ao amor maior que pode existir. Sofrendo.

Faz falta conversar, dividir as incertezas. A pressão que vem dos pais para voltar para a casa deles; os seus argumentos às vezes parecem ter fundamento. O seu modo de vida não era o que os pais tinham almejado para ela: neto nascendo em esteira de palha sobre o chão de terra, filha cozinhando em fogão a lenha, lavando fraldas no rio. O abandono dos estudos.

...

— Venha, filha, vamos terminar de arrumar as coisas que nós trouxemos para você, está tudo amontoado. E você ainda não viu tudo.

— Então, mãe, não temos muito espaço aqui. A aparência do quarto não vai ficar muito diferente do que está.

Flora está agradecida, mas dispensaria grande parte dos presentes dos pais, com exceção das roupas. Sabe que foi a mãe que escolheu cada item. O exagero na quantidade, no colorido, no plástico; destoa, entulha, atravanca. Olha desolada para o berço portátil para acampamento. Ela não está acampando, a sua casa não é uma barraca. É firme, é segura. Permanente. O carrinho de bebê; as rodinhas não deslizam com facilidade no chão de terra. Cadeira de alimentação. Andador. Bebê conforto. Brinquedos. Xampus. Perfumes. Sabonetes. Mordedores. Mamadeiras. Chupetas. A rigidez. O preconceito. A estreiteza de convicções herdadas.

Pede para d. Mazé guardar as caixas vazias na casa dela por enquanto. Depois da partida dos pais vai colocar de volta o que não usaria. Samuelzinho tem chocalhos de sementes em frascos reaproveitados; caroços de manga e pedaços de cana servem de mordedor. Flora já tem o sabão que d. Mazé faz.

Mas é verdade que está cansada de não ter água corrente, de buscar água no rio e aquecer no fogão a lenha para dar banho no bebê, de lavar fraldas e roupas à mão, de fazer comida. Depois da chegada do filho, o tempo ainda menor para fotografar e colher histórias. Mas o desgaste de todo dia não é assim para as mulheres e mães dos Encontrados? Quer ser como elas, experienciar como vivem. Quando ele começar a andar vai ficar mais fácil. Ou talvez não.

D. Olívia toma conta do neto, agora tranquilo no seu colo, aceitando o contato com a avó. Assiste à lida de Flora e não se conforma. Seria tão mais fácil pensar que foi um feitiço, um trabalho de macumba que confinou a filha àquele lugar, que ela preferisse uma casa de pau a pique (entra vento; e quando chove?), de teto torto e janelas acanhadas, a casinha com a latrina, um chuveiro improvisado ao ar livre, ao apartamento avarandado de frente para o mar da família, com quatro suítes; que engravidasse de um rapaz que não tem nada em comum com ela (quais são as intenções, os interesses? Ligar-se a uma moça que poderia trazer tantas vantagens e oportunidades para ele?); não consegue acreditar muito menos aceitar que a filha tenha feito essas escolhas em sã consciência. Largar a faculdade no meio e o trabalho com o pai. Comer batata-doce, farinha de mandioca e peixe cozido quase todos os dias. É horrível, horrível. E se ela estiver fumando alguma droga? Precisa aventar essa possibilidade com Ulisses. Precisa convencer a filha a voltar.

Teima com Flora que Samuelzinho tem o sorriso de Irmão. Já o avô acha que o neto tem as mãos idênticas às dele. Flora discorda dos dois e se aborrece com a insistência deles em buscarem Irmão no seu bebê. Ele é único, mas ainda assim invisível perante os avós, como ela própria.

• • •

De quatro, Samuelzinho balança o corpo para frente e para trás, o sorriso, língua e gengivas brilhantes. Às vezes desaba na tentativa de engatinhar sobre a esteira, mas volta à posição e se empenha para dar impulso em busca do amarelo intenso de duas mangas defronte dele.

Sentadas nos banquinhos à sombra da mangueira no quintal de d. Mazé, d. Olívia e a dona da casa presenciam o esforço animado do bebê. Flora deitada de lado, próxima de Samuelzinho, agita um dos chocalhos que a mãe trouxe para brincar com ele.

— Filha, ele não vai machucar os joelhos assim, raspando tanto nessa esteira?

— Ia dar na mesma se ele estivesse em um tapete, mãe.

— Esse menino é demais de esperto, né, d. Olívia? Olha lá, daqui a pouquinho ele está engatinhando. Não se preocupe não, o menino é raçudo.

— Nossa, que cheiro horrível é esse? — sem responder para d. Mazé, o nariz enrugado, o rosto contraído de nojo, d. Olívia olha de um lado para o outro, em busca de uma explicação.

— São as mangas que caíram no chão e estão fermentando, mãe.

— Você quer dizer apodrecendo.

Flora não fala nada, evita mais um dos vários embates, os pais irão embora no dia seguinte.

— É verdade, d. Olívia, vai ficando tudo podre. Como tudo que é vivo depois que morre. A gente não dá conta de comer tanta manga, não, tem muita fartura, graças a Deus. A gente aqui está acostumado, mas o cheiro é forte mesmo.

— Vou trocar o Samuelzinho lá dentro, acho que ele fez cocô. Dá licença, d. Mazé?

— Claro, menina, não tem nem que pedir, você sabe que a casa é sua.

D. Olívia, ao intuir que as palavras são verdadeiras, sente uma ponta de despeito.

— Vou aproveitar que a Flora entrou pra dar uma palavrinha com a senhora sobre o meu sobrinho Jonas. Nem a senhora nem o seu marido conhecem o rapaz, têm o direito de ficar preocupados. Eles ficaram logo apaixonados, sabe, logo que se conheceram. Não demoraram pra começar a namorar. Mas o que eu quero dizer é que ele é um moço muito esforçado, direito, trabalhador, e que cuida muito bem da sua filha e do seu neto. Não tem um nada pra falar de mal dele. Pode confiar. A gente tem muito orgulho do Jonas.

— Entendo que a senhora está tentando me tranquilizar. Aliás, ainda não tive oportunidade de agradecer o que a senhora fez pela minha filha. Foi muito generosa, obrigada. Mas a minha preocupação continua e vai continuar, ainda mais agora que Flora e Jonas têm a responsabilidade de criar um filho. Talvez seja difícil a senhora compreender o que ela deixou para trás: uma vida confortável, a faculdade, o trabalho na empresa do meu marido, que ela vai herdar como única filha, já que o meu filho faleceu. A senhora sabe que eu tinha um filho mais velho?

— Sei, sim. A menina me contou.

— É uma situação muito sofrida para a nossa família até hoje. Acho que a senhora, apesar de não ter filhos, consegue compreender a dor de uma mãe; é mais um motivo para eu querer que a minha filha volte. Não tem sentido nenhum ela continuar morando aqui. Agora, claro, nessa nova circunstância, além do Samuel ela tem que ir acompanhada do Jonas para oferecer uma vida adequada para o meu neto. E eu vou fazer o possível e o impossível para convencê-la a voltar para casa.

— Não sou mãe, mas não é muito difícil, eu posso imaginar sim o que é morrer um filho. Fico com muita pena das pessoas que passam por essa desgraça. E acho que todo mundo que sente amor entende, d. Olívia. Posso não saber como é estudo, como é faculdade ou o que é que a Flora perdeu no emprego dela lá na terra de vocês. Mas sei muito bem do jeito que ela chegou aqui nos Encontrados: triste, desacorçoada da vida, tinha pesadelo quase toda noite. Só sei que ela melhorou de corpo e de alma, demais mesmo; ficou mais contente, leva uma vida satisfeita, virou risonha. E ela tem um marido agora, eles se gostam. E ela é adulta pra escolher o que quer pra ela e pro filho. Se é aqui ou se é lá. Ei, olha quem vem vindo! É o menino mais bonito da tia Mazé? Como está rindo! Está de bumbum limpo?

...

Depois de lutar abanando mãos e braços contra os voos rasantes que uma ou outra mosca faz sobre a comida na hora do almoço, d. Olívia se rende e emprega a tática de cobrir o prato com uma das mãos, e com a outra as afasta com movimentos curtos e frenéticos. Enquanto isso, mastiga.

Nada mais previsível que dali a alguns instantes diria que ela e o marido não aceitariam que o neto crescesse naquelas condições. Respirando rápido, prestes a explodir, mas compondo uma expressão tranquila e falando em um tom de voz baixo, disse que a filha tinha sido educada com tudo do bom e do melhor. Não tinha sentido que vivesse daquela maneira.

— Jonas, não leve a Olívia a mal. Desde que chegamos, nós temos presenciado como vocês vivem. A natureza desse lugar é maravilhosa, me exercitei bastante nas caminhadas, aprendi muito com você nas pescarias no rio esses dias; aqui é ótimo para passar férias, não para morar. Vocês não têm futuro nenhum aqui, não têm oportunidade nenhuma de melhorar de vida. O que vocês pretendem oferecer para o Samuel? Flora, você precisa estudar, terminar a faculdade. Você é muito nova ainda para ficar tão isolada, tem a vida pela frente. E você, Jonas, é jovem, inteligente, mas tem muito a aprender e não pode perder mais tempo. Já contei para você que comecei de baixo e...

Jonas ouve encantado o sogro repetir a história. Flora, perplexa, contempla os dois, como que flutuando: filho que precisa de pai e pai que precisa de filho. Então Jonas queria sair dos Encontrados? Por isso o perder-se em pensamentos para além das montanhas, vez ou outra comentando sobre como imaginava a canoa seguindo até a foz do rio? As tantas perguntas sobre a vida na cidade? Sobre o mar? Nunca tocou no assunto com ela. Se Jonas quisesse ir, que fosse. Aborrecida, se contém e fica calada, ouvindo os pais.

— Ulisses, agora não é hora de falar de você. Desde que a Flora decidiu morar aqui nós falamos do mesmo assunto, não é? Queremos que a nossa filha volte para casa. E o Samuel é mais um motivo. Aonde esse menino vai para a escola? Onde vai aprender uma língua, fazer um esporte, ter aulas de música, aprender um instrumento? Ele vai ser criado longe da convivência com os avós? É responsabilidade de vocês! Pensem no futuro dessa criança!

— Vocês não estão considerando as minhas escolhas. Nunca consideraram. Nunca perguntaram o motivo que me levou a mudar para os Encontrados. Nem se interessaram em saber quais planos Jonas e eu temos juntos. As coisas não se resolvem assim, na base da pressão. Jonas e eu temos muito o que conversar. E mãe, por favor, leve esta carta e entregue para a Jamile. Finalmente terminei de escrever para ela, contando sobre o meu parto.

D. Olívia se levanta da mesa sem dizer mais nada e vai guardar a carta.

Depois de todos estarem dormindo, Flora volta para a cozinha e se senta ao lado do fogão a lenha. Não consegue parar de pensar na conversa da hora do almoço e na reação de Jonas às palavras do seu pai.

Naquela noite, ouve esturros de onça.

...

Fotografa várias vezes os pais com Samuelzinho logo depois do amanhecer, antes deles subirem a trilha para a Lagoa do Rudá. Aguardam a chegada de Feliciano e mais um dos rapazes para buscá-los e carregarem as malas. O início da viagem de volta.

A luz amarelada suave, quase inexistente, a serenidade do momento e a vontade de que ele estivesse ali, naquele momento, junto com o seu filho; a saudade desenha a imagem de Irmão na lente da câmera, compondo uma foto no querer de Flora.

Pede para Jonas fotografá-la com os pais. Pai, mãe, filha. Ela não tinha nem uma foto sequer só com eles.

14

Brincando com o bebê na beira do rio, a pele tenra brilhante de óleo de coco para proteger das picadas de mosquitos, Jonas repete o esforço inútil de rememorar o pai. Era muito pequeno quando ele foi embora, tinha uns dois anos. Nem mesmo a mãe tem certeza das datas, tamanho o desgosto. Não teria nada para contar ao filho sobre o avô. Nem raiva restou. E a mãe, ainda por cima, fez aquela barbaridade. Que pais são esses que ele tem? E que avós Samuelzinho teria, pelo seu lado? Nem ele nem o filho merecem isso.

Mas se aferra à alegria do dia do nascimento. D. Palmira entregou o bebê para ele, quentinho, ainda com os líquidos do corpo da mãe, embrulhado numa coberta grossa de algodão. Segurou suave de encontro ao peito, o medo de apertar, de derrubar, o coração bombando forte, as lágrimas transbordando. Cheirou a cabecinha cabeluda e úmida, o primeiro aroma do filho. Ficou repetindo meu filho, meu filho, saboreando a novidade daquelas palavras na voz, nos lábios mexendo diferente. E Flora exaurida, quase desfalecendo, os cabelos encharcados de suor, apenas sorriu para ele e mandou um beijo pelo ar; ladeada pela d. Mazé e d. Palmira, cuidando.

E a vida deles dali para a frente? Ele vai dar conta, ou vai se acovardar, igual ao pai? Agora e para sempre tem um filho, mas ele mesmo não tem pai, nem nunca teve. E se não acertar a medida?

Mergulhado nas cismas, pensa no pai que é o seu Posidônio, o seu Natalino. Bons pais. Pelo menos, parecem. Mas não tem o à vontade de conversar com eles sobre esse tipo de assunto. E o sr. Ulisses? Flora tem queixas dele, de pai apartado da família, de não dar atenção a ela; mas ele notou o carinho do sogro pelo Samuelzinho, a consideração que teve com ele próprio durante as pescarias e caminhadas que fizeram juntos, as conversas. A preocupação dele com o futuro deles três. E é o avô do menino, certamente tem o que dizer, aconselhar.

Pensamento cada vez menos fugidio: ir para o litoral, ver o mar, morar na cidade de Flora, ir para um mundo moderno. O desejo latente de se desenraizar acende por instantes. E se desse uma sorte e topasse de frente com o pai? Se o pai tivesse ido para a mesma cidade? Que besteira. Não o reconheceria, nem seria reconhecido. Não lembra do rosto; guarda com ele apenas a imagem de um homem de costas, de camiseta branca, caminhando. A sua primeira lembrança. Mas no fundo atina que podia ser qualquer homem dos Encontrados.

O vento tremula o reflexo de Samuelzinho e de Jonas na água empoçada nas pedras, como suas ruminações, numa confusão igual. Ir embora para o litoral com Flora e o filho; a ideia, a possibilidade. E deixar a mãe para trás? Apesar de não a ter perdoado, tem pena dela, sofreram juntos o abandono, ela ensinou Jonas a desprezar a covardia de quem larga da família. E ele, considerando fazer a mesma coisa.

Noite quente, sem conseguir pegar no sono, chama Flora, que estava terminando de amamentar Samuelzinho, para conversar, dividir as inquietações. Sentam-se nos degraus da entrada da casa para não acordar o bebê. A mata quieta. A luz da lua e as sombras em seus corpos, como pele extra estampada.

Jonas se abre, fala da incerteza de ser um bom pai. Da falta que fez e que faz ter pai. Da vontade de conversar com o sr. Ulisses, único avô do seu filho, sobre essas relações. E pela primeira vez fala em conhecer uma cidade grande, o mar, a vontade cada vez mais viva de seguir adiante pelo rio e desaguar no oceano aberto. Lá está o seu anseio.

Desde a partida dos sogros, tem notado o ar distante da mulher, gestos desassossegados, sem parada. É o trabalho que o bebê está dando? Está com dificuldade de decidir alguma coisa? Talvez o casamento esteja atrapalhando a vida dela. Ou o bebê. Ou está com saudades de casa e quer voltar. Afinal ela é mãe nova; como ele, está insegura.

Sim. Insegura. Cansada. Mas que não se preocupasse. A paixão e a cumplicidade com ele é a sua vivência de mulher mais completa. Jonas não a deixa só, demonstra interesse, ouve as suas experiências e queixas. E Flora está descobrindo o amor pelo filho com uma força que não suspeitava possuir. Mãe de primeira viagem. Desde a sua chegada nos Encontrados vem fazendo outras diversas viagens pela geografia, emoções e memória. Uma entrega à transformação. Percorre esta trajetória por alguns momentos e admite para Jonas: tem pensado em voltar; tinha observado a admiração com que ele absorvia as palavras do sogro narrando a sua história, como tinha "vencido na vida" sem ajuda de ninguém. Intui a vontade de Jonas. E se a mãe tivesse razão? Os dois não deveriam oferecer mais oportunidades para o futuro de Samuelzinho?

Ela e Irmão brincando na praia, a recordação tão querida, retomada tantas vezes. Flora figura Samuelzinho mais velho, com um chapéu de palha igual ao dele, sentado na areia, fazendo castelos. O seu filho poderia frequentar escola que os dois irmãos estudaram desde pequenos. Mas, seria bom repetir? De novo se deixando levar pela opinião e decisão dos pais? Uma náusea leve começa a tomar conta.

— Vamos dormir, Jonas, não dá para resolver nada assim, entende? Temos que pensar nos prós e nos contras. Está tarde. É melhor a gente descansar e falar sobre isso outra hora. Vamos, antes que o Samuelzinho acorde com a nossa conversa.

...

Balança na rede com o bebê, a linha do horizonte se move, mostrando possíveis caminhos para o marido, o filho, mas não para ela. Altamente improvável livrar-se das marés que a arrastam e trazem de volta. Sempre o mar. Que fiasco. Talvez voltar pelo bem-estar de Samuelzinho no futuro e oferecer uma nova experiência de vida a Jonas fossem apenas pretextos. Ou camuflagem. *"Memória em fogo / máscara queimada / rosto escorregadio"*.

As recordações da morte de Irmão em seus quase dois anos nos Encontrados vêm se convertendo — de fossilizadas a tenras — daí a elásticas e talvez até suportáveis. É doloroso pesar o passado, é primordial tomar a decisão. Como conviver com os pais, com os objetos de Irmão, não seria muito mais difícil de lidar? Ou talvez mais fácil, depois dessa vivência.

Flutuando no limbo da indecisão e da renitência, considera que a mãe e o pai podem ter razão; reconhece que as palavras deles calaram fundo. E se ela se desse a oportunidade de tentar um convívio mais afetuoso com eles? A presença do marido e do filho poderiam acolchoar os choques daquela relação. A pressão dos pais para ela voltar para casa com o filho e a perspectiva de aceitarem Jonas incondicionalmente a fazem sentir-se fora de qualquer espaço, em busca de chão. Ficar ali com Jonas e o filho ou voltar? Ir para outra cidade? Onde era o seu lugar?

O dia a dia cuidando de um bebê no povoado a tinha desgastado. Melhor ir devagar, viver o dia de hoje, como tinha aconselhado d. Mazé. Avaliar. Calma. Seria justo negar a eles a possibilidade de conhecerem outros espaços e esferas? Ela mesma se transformou, vive de outra maneira. Não tem direito de impedir essa experiência para Jonas e o filho.

O bebê inquieto, choramingando, com fome e cansado do balanço da rede.

...

Jonas, o peito lotado de coragem e de vontade de ir embora. Entusiasmado demais com a mudança para a praia, não tem receios; talvez falte só um pouquinho de nada para Flora concordar.

Sente um pouco de inveja e de curiosidade sobre as pessoas que tem para onde ir depois de acordar. Fala sempre isso para Flora. Elas têm um motivo para levantar de manhã. Os homens põem cueca, calça comprida, camisa, meia, sapato, cinto, paletó. Gravata. Documento e dinheiro no bolso para pegar ônibus para chegar ao trabalho. Ruas de asfalto. Subir de elevador em um prédio alto. Sentar em uma cadeira, aproximar-se de uma mesa para trabalhar. O que tanto as pessoas fazem sentadas atrás de mesas, com papéis nas mãos? O que tanto tem escrito naquela papelada? Fica um pouco sem-graça de perguntar para Flora. E no domingo, ir ver o mar, tomar cerveja na praia. Já ele era só enfiar uma bermuda velha, nem camiseta e nem chinelo precisa, descalço, mesmo. Era só dar dois passos e chegava ao rio.

Antes de casar com Flora, a sua vida tinha sido entrar na canoa e pescar uns peixes. Tirar as escamas e a barrigada, dar uma fritada, salpicar com sal. Levar os melhores para a venda do seu Natalino, trocar por mantimento e querosene. Buscar água no rio. Ajudar a mãe. Pronto, acabava o dia.

A mata fechada, a lonjura do lugarejo abafado no fundo do vale e a superioridade das montanhas o impediam de enxergar adiante; o convívio com Flora amadureceu o seu interesse em experimentar, mesmo deixando para trás a mãe e o lugar da infância. Conversa com a tia, tem certeza de que pode contar com seu apoio. D. Mazé não gosta de dar palpite, mas percebe a hesitação de Flora, as dúvidas, e resolve chamar os dois para uma conversa, para dar sua opinião.

— Menina, quando você chegou aqui foi tão bom que até hoje continua muito bom. Como não doer se vocês forem embora. Ficar sem ver o meu pequenininho crescer. Mas vou dar um conselho: se vocês não forem, vão passar a vida inteira se arrependendo, vão acabar jogando a culpa um pro outro, *porque que a gente não foi, por que que a gente não tentou.* No lugar de vocês eu ia. Se não der certo, voltam. A casa não sai do lugar. Nem eu. Meu lugar é aqui.

• • •

Os moradores dos Encontrados estranham: avó que não visita neto. O povoado em peso foi visitar Samuelzinho, mas ninguém viu Marlinda por lá. Até os outros avós vieram visitar de tão distante que pegaram avião e ônibus. Esquisito.

Todo mundo desconfia que tem coisa errada naquela família. Onde já se viu avó que não ajuda a criar o neto? O menino com quase um ano. D. Mazé não é avó mas faz tudo como se fosse. O que teria acontecido com a d. Marlinda? Todo mundo sabe que ela é osso duro de roer, trata Flora com desprezo. Briga com a nora? Ou talvez briga com a nora e com o filho também.

O despeito. Ferida pelo desespero com a partida do filho, o segundo abandono. Ela soube pelo seu Posidônio. Eles tinham resolvido ir embora dos Encontrados, iam mudar para a casa da moça. Longe.

Desde o caso da garrafada, o filho sumiu da vida dela. Mas todos os dias leva uns peixes para o seu Posidônio entregar para a mãe. E dá uma quantidade a mais para que o amigo a ajude nas tarefas da casa que Jonas tinha deixado de fazer. D. Marlinda sabe que ele tem que trabalhar dobrado. Agora tinha família, mulher e filho. E eles dois não deixam o menino nem chegar perto dela. Nunca pegou Samuel no colo. Às vezes espia o neto de longe, por entre arbustos e árvores. O menino puxou a mãe, era mais para o clarinho. Sente que Flora e Jonas percebem a sua presença, mas a ignoram, fingem não notar. Desconfia que nenhum dos dois tem vontade de perdoar.

O pai de Jonas nem sabe que tem um neto, nem nunca vai saber. Um homem que não presta. Um namorador que não vale nada. Dizem que não se deve ter saudade de quem morreu, de quem sumiu. Mas até hoje, cada vez que pensa nele, lágrimas quase que escorrem rosto abaixo.

Como pode deixar o seu Jonas ir para longe? Não quer que ele se aparte dela, e nem que ele seja igual a esses que vão para o lá fora e nunca que voltam. Mãe longe de filho é como fruta que cai do pé, porque mãe entrega o seu sumo para o rebento; quando ele cai no mundo, ela ainda continua árvore, morta-viva. O escuro da solidão tomando conta.

Na afobação, Flora derruba os cestos encaixados e empilhados com as suas roupas e as de Jonas, mãos e braços estouvados pela ansiedade, as ações aceleradas no atropelo da arrumação para a partida. O que fica, o que levam. As roupas do bebê estão ajeitadas na sua mochila, já ficam guardadas ali; desde a visita dos pais, ela separou esse espaço para fazer de cômoda. Trouxeram tanta coisa. Ficam para as mães do povoado os "equipamentos" de Samuelzinho — berço de armar, carrinho, cadeira de alimentação, andador, bebê conforto — recebeu e-mail de d. Olívia contando que comprou mobília nova em folha para a chegada do neto.

Flora faz tudo rápido, como se assim escondesse de si mesma a decisão de partir; como se estivesse fazendo algo sem pensar, só por impulso e sem propósito. Enrola as esteiras e separa as toalhas de banho e a louça. As redes ela tira por último. Depois D. Mazé distribui os objetos para quem precisar mais e fica com alguma coisa, caso queira. Uma amargura por se separar dela, sua quase-mãe, melhor amiga, a pessoa a quem mais considera e confia. E também renunciar à sua primeira casa e aos Encontrados, o pedaço de mundo que tinha escolhido para morar. Nos últimos dias antes de irem embora, as duas se ajudam mais ainda nos serviços de casa, no cuidar do bebê. D. Mazé dita receitas de chás e remédios, Flora lê poemas para ela. Difícil de se despegarem. Ela ficou de arejar a casa, dar uma varrida de vez em quando, acender o fogão. Avivar a casa na ausência dos três.

Véspera da partida. Flora pede para d. Mazé fazer um bolo para o aniversário de um ano do Samuelzinho, incumbência de avó. Não a nomeia desta forma, mas ambas sabem que este é o atributo dela — avó. E mãe também?

Ela capricha no fazer do bolo de massa de mandioca feito na brasa do fogão a lenha, substancioso, embrulhado em folha de bananeira e amarrado com fitas de palha de milho.

Para enfeitar, Flora entalha com a ponta da faca pequenas borboletas na parafina de uma vela branca. Colore com urucum.

Samuelzinho se encanta, quer pegar a vela a todo custo. Somente quando é acesa ele se concentra na chama e Flora, Jonas e d. Mazé se entregam ao contentamento de observar por alguns instantes o menino bonito, risonho, saudável, tão amado; cada um com suas reflexões sobre a transformação a ponto de acontecer em suas vidas.

Jonas pensa na mãe.

Flora e Jonas tiram muitas fotografias, d. Mazé pede. A intenção é contemplar seus queridos, que estivessem por perto todos os dias; que não quer se fiar só na memória. Flora promete enviar por carta as fotos do aniversário e outras de lá, para ela acompanhar o crescimento de Samuelzinho. Vai mandar notícias também.

De madrugada, Flora acorda com a ausência de Jonas ao seu lado na rede. Senta-se e entrevê no quase escuro do quarto a mochila e duas sacolas de palha arrumadas para a viagem encostadas na parede.

Dá-se conta, então, assustada, de um novo pesadelo — o medo de perdê-lo, de que ele tenha mudado de ideia e fugido para o mato. Enfim, escuta seus passos entrando de volta em casa. Só tinha ido ao banheiro. Deita-se rápido e finge estar dormindo, a rede em um vaivém leve. Não quer agregar mais uma inquietação às de Jonas. Eles tinham se disposto a cruzar as fronteiras das terras um do outro e os seus limiares; a concretizar a mudança com um novo percurso. Era preocupação suficiente.

• • •

Pai e filho se aproximam caminhando devagarzinho. O cabelo do menino era preto e fofo, uma pequena nuvem prestes a chover. Jonas leva o menino pela mão. Os joelhos sujos de terra, bamboleando. Ele andou cedo.

D. Marlinda, sentada no banquinho na porta de casa, está descascando batata-doce dentro de uma bacia. Ela a pousa no chão, surpresa.

À beira de chorar, faz carinho na cabeça do neto, no rostinho.

— Parece demais com você, filho, só é bem branquinho.

— Vamos embora amanhã, mãe. Sei que o seu Posidônio já contou pra senhora. Quis trazer o Samuel pra senhora conhecer e se despedir. Ontem ele fez um aninho. Flora mandou um pouco do bolo do aniversário pra senhora.

Ela pega a vasilha das mãos do filho e a solta dentro da bacia. O bolo se despedaça sobre as batatas-doces.

— Mãe, só vim para mostrar o seu neto porque tenho gratidão. A senhora ficou firme cuidando de mim, plantando e pescando para me dar de comer depois que o pai largou da gente. É só por isso que vim aqui.

— Filho, não vai. Fica. Pelo amor de Deus, não me deixa sozinha, filho. — a respiração pesada, abrindo e fechando a boca, olhos vidrados de peixe.

— Mãe, podia ser diferente, mas foi a senhora quem não quis. Eu vou embora com a minha mulher e meu filho. Seu Posidônio ajuda a senhora com tudo, me entendi com ele. Até um dia.

Ao se afastar com Samuelzinho no colo, Jonas ouve a voz da mãe, uns engasgos. Mas são soluços.

• • •

Na despedida, na clareira em frente à casa do casal, depois dos abraços, d. Mazé e Flora se contemplam demorado, as lágrimas escorrendo sem parar. Preenchem com o olhar o muito que tinham dito uma para a outra nestes dois anos de convivência e de afeto.

Jonas, com a mochila nas costas e Samuelzinho no colo, passa o braço sobre o ombro de Flora, que carrega as duas sacolas. Começam a subir a trilha. Jonas, os ouvidos habituados à voz da mãe, distingue ao longe o som da dor dela reverberando na mata. Ela grita o seu nome, exigindo, como se ele tivesse que obedecer. Um choro-uivo. Jonas só consegue pensar que nunca ia gritar assim o nome do filho. Flora caminha resoluta, deixando os Encontrados para trás. Nas sacolas, tudo o que era seu, mais o peso da importância das histórias anotadas nos cadernos, mais as fotografias que tirou do povo do vilarejo. A experiência do que tinha vivido ali.

D. Mazé entra na casa, fecha as janelas, recolhe do chão a argola de plástico azul de um brinquedo do menino e uma caneca esquecida em cima do fogão. Sai e fecha a porta.

Vai para casa, mas em vez de entrar, caminha direto para a copaíba na beira do rio. Arranca, puxando com os dedos, alguns pedaços pequenos da casca da árvore, como se quisesse fazer um buraco. Em formato de ouvido. Ali, sussurra com fé na voz e no coração que, se fosse para Flora ser feliz ali, que voltasse um dia para os Encontrados e trouxesse com ela o seu sobrinho-neto. Pega do chão um pouco de terra, amassa nas mãos, e tapa o furo com cuidado para conservar o seu desejo.

Cumpre um ritual que a sua mãe ensinou.

15

A cabeça de Jonas, aérea, flutua pelo espaço do enorme pé direito da sala de embarque do aeroporto, e nas vozes artificiais de entonações forçadas dos funcionários das companhias aéreas anunciando voos pelos alto-falantes.

Sentado em uma fileira quase vazia, observa o rapaz usando fones de ouvido roxos, a duas cadeiras da sua, inteiramente absorvido pela sua tela pequena; o senhor quase cochilando à sua frente, a gravata afrouxada, o paletó jogado sobre a pasta de couro na cadeira ao seu lado; os movimentos erráticos de Flora seguindo Samuelzinho que, agitado, anda bamboleando de um lado para o outro pelo saguão amplo e desconhecido.

Toma conta das duas sacolas aos seus pés, como Flora pediu. Digere devagar as imagens grandiosas dos aviões decolando e pousando. O rugido crescente dos motores quando aumentam a velocidade. E pensar que daqui a pouco estará dentro de um daqueles. Lembra da discussão sobre pagamento que presenciou no balcão em que mostraram os documentos; usaram palavras e expressões que não tinha ouvido até aquele dia, mas rapidamente foi captando os significados: check-in online, cobrança para despacho de bagagem, cartões de embarque.

Ia conversar com Flora mais tarde, com calma, sobre algumas coisas que ele não entendeu os motivos: para que tanta pressa, tanta correria para todo lado, se os aviões tinham hora certa para sair? Era só medo de se atrasar ou alguma outra coisa estava acontecendo ali? E qual a necessidade de bisbilhotar dentro da mala das pessoas com os aparelhos? Viu até uma agente de segurança revistando uma moça; a máquina tinha apitado e a luz vermelha piscou quando ela passou por baixo. O que a moça teria feito de errado?

Mais ambientado, substitui Flora no cuidado de Samuelzinho, que ainda não tinha cansado de subir e descer das cadeiras, explorar as latas de lixo, de puxar os cordões que separam as filas para o embarque, bater as mãozinhas nas vitrines das lojas de onde saíam odores perfumados, e mais adiante o cheiro de café, de pizza ou de hambúrguer, conforme a localização dos pequenos restaurantes e cafés em frente aos portões de embarque. Deu fome. Eles ainda têm tempo, sentam-se em uma lanchonete lotada de pessoas de aspectos e vestimentas diferentes, algumas conversando em línguas incompreensíveis até mesmo para Flora. Ali, o primeiro milk-shake de coco de Jonas e o primeiro chocolate quente de Samuelzinho.

Brota um contentamento quando Jonas se senta na poltrona da janela. Relaxa. Vem a vontade de sondar. O ruído mecânico e artificial do abrir e fechar do cinto de segurança soa agradável, desliza como que untado, mas está espremido, preso, ainda mais com o filho se mexendo e pesando no seu colo. A poltrona da frente encosta nos seus joelhos, a calça nova está um pouco apertada. Curioso com o jato gelado atingindo a sua cabeça, gira o dispositivo do teto e Samuelzinho e ele se divertem aumentando e diminuindo o fluxo do ar-condicionado.

A força da decolagem gruda suas costas no encosto da cadeira, a aeronave descola da pista, a visão por entre massas de nuvens pegadas a ele, separados apenas por uma janelinha; as avenidas, casas e construções da cidade cada vez mais minúsculas. Em seguida, quando o avião se inclina para a direita, pela primeira vez avista a dimensão inimaginada do oceano azul escuro, riscado por fios brancos da espuma das ondas. Extraordinário. Troca olhares com Flora, emocionado.

Fica atento aos avisos e às demonstrações da aeromoça sobre a segurança, como se fosse caso de vida ou morte. E ele é dos poucos passageiros do voo a terem em mente que de fato é assim.

No desembarque, a lentidão da esteira apresentando as tantas malas dá chance a Flora de perceber Jonas fascinado com o cenário ao redor, empurrando um carrinho com Samuel sentado na parte superior, enquanto dão uma volta ali por perto esperando a bagagem chegar. As dezenas de pessoas ao redor, ansiosas, afastando-se com seus pertences; a pressa, a impaciência.

Por fim surge a mochila, o conteúdo forçando, quase estourando as costuras. Flora a puxa da esteira e ainda observa os dois por mais uns instantes, antes de acenar chamando-os para perto dela.

...

O que restou da Flora que partiu há dois anos?

Entra no apartamento dos pais, examina a sala e a varanda de portas abertas ao fundo e não reconhece o ambiente. Experimenta um grande estranhamento, apesar de absolutamente nada ter mudado. Abraços, beijos e tapas nas costas; as vozes excitadas dos pais em tons mais altos do que de hábito, falando um tatibitate exagerado com Samuelzinho, que depois de titubear por um tempo, abre os bracinhos e se entrega aos avós.

Jonas procura disfarçar o espanto, admira a sala enorme, de tamanho algumas vezes maior ao de uma casa comum dos Encontrados. Da casa deles. E ali é só a sala e a varanda. O que haveria atrás das outras portas? Armários abastecidos com quantas roupas, quantos livros nas estantes? Quer ler algum. Troca olhares com Flora e começa a atinar as diferenças e os contrastes entre eles (precipícios?), a imaginar a estranheza que ela teria sentido no modo de vida do povoado. Por que ela quis morar nos Encontrados, tendo crescido neste mundo de fartura?

Cada vez prestando menos atenção à conversa na sala, Jonas é atraído pela linha fina e esverdeada que enxerga através do guarda-corpo de vidro da varanda. Só pode ser o mar. Não tem outra explicação. Pede licença, se levanta do sofá, pega Samuelzinho no colo e se aproximam da visão aberta do oceano. Logo depois, Flora diz aos pais que vai ao banheiro, mas num impulso se dirige ao quarto de Irmão. Diminui a velocidade dos passos, sem saber o que vai ver, talvez algo, por um milagre, tenha mudado. Em frente à porta fechada, para; não quer trazer sua culpa à luz. Ainda não.

Ela une a noite com o dia. Samuel não está dormindo bem, irrequieto, cansado da viagem, enquanto o marido ressona suave ao seu lado, completamente relaxado nos lençóis novos de algodão egípcio da cama de casal king size. D. Olívia preparou um quarto para o neto, mas Flora não quis se separar do seu bebê naquela primeira noite, nem por alguns metros.

A parafernália de objetos de plástico que os pais tinham levado para Encontrados se repete no quarto de Samuelzinho, com exceção do berço, do trocador e do armário de madeira, laqueados de branco. Pensa na cesta grande de palha que d. Mazé foi tecendo para o bebê desde o início da gravidez, onde ele dormiu o seu primeiro ano. Ele está se mexendo bastante, estranhando o berço novo.

Flora se levanta assim que a luz do amanhecer permite que ela percorra o apartamento sem acender a luz. Os pais estão dormindo ainda.

Os pés descalços desacostumados de carpetes sentem falta do chão batido; gira a maçaneta frouxa da porta do seu quarto, assim desde quando viajou. A madrugada está fresca, sente um calafrio. O silêncio abre caminho. Distingue apenas as sombras das flores pintadas nos quadros do corredor, mas sabe que os tons são pasteis, a cor pouca; a ânfora de cerâmica sobre o aparador da sala, o porta-revistas de ferro sempre transbordando de publicações. Na cozinha, toca a maresia assentada de leve na lateral da geladeira; na mesa, a mesma lasca em um dos cantos. A tampa do vaso do lavabo continua sem encaixar direito.

Os objetos e detalhes que vê são familiares, mas não trazem o contentamento da reconexão. Era indiferente a eles. Não fazem mais parte da sua vida, como se pertencessem a eras no passado.

Na casa dos pais seria inevitável restaurar a memória de Irmão. Restaurar — ele não é uma obra de arte venerável e deteriorada, foi a pessoa mais amada e estava morto há anos. Na conscientização do fato da morte, Flora detém um controle maior sobre as idas e vindas das lembranças depois de ter se distanciado de tudo e todos, acolhida por d. Mazé no abrigo dos Encontrados. Mas surge outra vez o receio de que a convivência com os pais e os objetos de Irmão traga os pesadelos de volta.

A porta do quarto de Irmão. A maçaneta de metal brilha, foi polida. Deve estar fria ao toque. O corpo frio de Irmão, imóvel e desconjuntado sobre a areia aparece em um flash, mas Flora se livra da imagem, ou não vai conseguir entrar. Precisa entrar.

O tremor das mãos antecipa sensações naquele espaço preservado obcecadamente pelos pais. Puxa a cadeira, senta-se à escrivaninha e retira um dos cadernos do meio da pilha. Folheia as páginas, vê as letras de música copiadas por Irmão na sua caligrafia um tanto quadrada. Recorda sua paixão pela música. Pega o violão, sente o seu peso, passa os dedos de leve pelas cordas sem fazê-las soar para não acordar ninguém. A alegria de um reencontro com o sorriso de Irmão eternizado na foto ampliada, a mais bonita, tirada um pouco antes da sua morte. Dezesseis anos de idade. No rosto congelado, Flora nota um fundo de melancolia, talvez gerada pelo pressentimento de que algo ia dar muito errado. Ou talvez fosse apenas a sua imaginação febril, a emoção de estar ali. Impossível saber se o rapaz teria cumprido o destino de gestor dos negócios da família que os pais pretendiam para ele.

As únicas modificações na casa inteira durante a sua ausência foram feitas no quarto dela. Teriam desrespeitado o seu passado e seus pertences, ou sido generosos ao montar um quarto para o casal, e outro para o bebê? Não sabe onde estão os livros, filmes e CDs, o material da faculdade, as bonecas, os seus guardados. Só viu as roupas no armário. Mas afinal ela está viva e Irmão, morto. O natural, o normal e o comum não seria encarar as transformações que a vida traz? Chega de ressentimento. Já não tinham pais e filha sofrido o bastante?

Mesmo assim Flora não consegue evitar a lembrança do dia do enterro de Irmão quando, ao lado do túmulo, d. Olívia abriu os dedos lentamente e deixou escorregar a mão da filha, agarrada à dela. Soltou e não segurou mais. A menina, sentindo a rejeição, não tomou a iniciativa de pegar a mão da mãe outra vez. Deixou que soltasse, já que a mãe não se importava mesmo. Juntou e apertou com força as mãos úmidas atrás das costas, uma apoiando a outra. A displicência, o desamor a partir daí; a insegurança, o medo de escorregar mais ainda para longe da mãe. A força inegável da ausência versus presença. Flora se levanta da cadeira e sai do quarto.

...

Quando Jonas relembra o seu dia a dia no povoado, precisa confessar para si que não se entusiasma por nada além da beleza do rio. Gosta dos Encontrados, claro, sente falta de uma coisa ou outra, das pessoas, mas é só. Afasta a mãe dos pensamentos. Lá fazia as suas obrigações, sempre iguais, que não o levavam a lugar nenhum, ao contrário das tarefas do momento, trabalhando no supermercado do sogro. Todos os dias tem muito para aprender, parece que nunca mais vai acabar. O tempo é seu para descobrir. Jonas não fazia ideia de que desconhecia tanto — desde aquele plástico transparente mais fino do que papel para embrulhar comida até a existência de tábuas de maré.

Carrega no corpo hábitos próprios de uma vida inteira — suas mãos e pés têm se acostumado aos poucos aos movimentos diferentes exigidos pela nova ocupação. Usar sapatos ou tênis e meias durante o dia, e não mais chinelos, quanto mais andar descalço. Agora, chinelos só em casa e descalço só na areia da praia. Calças compridas. Camisas de botão. Levar no bolso uma carteira com divisões para documentos, dinheiro, carteirinha do convênio médico, a da escola e cartão para pagar o ônibus.

Não é preciso força física para ser etiquetador e ajudar no controle de estoque, as primeiras funções dadas a Jonas pelo sogro — para começar de baixo, como a repetir a história e os passos dele. Mas é preciso concentração, empenho, persistência e intuição de pescador para manejar e absorver as esquisitices e as novidades para o seu tato, paladar e visão: os múltiplos desenhos miúdos nas caixas do alimento estranho que eram os sucrilhos, por exemplo; o sabão em pó parecia que só tinha perfume (limpava direito?); os rótulos dos potes de vidro grandes e pequenos, as dezenas de embalagens plásticas diferentes e seus conteúdos líquidos de todas as cores — para comer e para limpar. Os de comer, salgados demais e doces demais. Não imaginava que existisse uma gôndola inteira de marcas diferentes só de líquidos cremosos para lavar e deixar as roupas mais macias. Oculta o seu deslumbramento com a quantidade avassaladora de produtos e de marcas dispostas em prateleiras sem fim. As pessoas dali precisam mesmo dessa batelada de coisas? E quanta embalagem jogada fora que podia ser reaproveitada. Inevitável comparar com as posses magras dos moradores da sua terra.

Primeiro, mas só no início, o receio das consequências do desejo concretizado. Uma timidez que não era dele vinha do medo de errar: tomar o ônibus errado, falar errado, errar no trabalho, escolher a roupa errada, errar nas tarefas do curso supletivo do ensino fundamental. Não falava muito sobre o assunto com Flora, aguentava firme, disfarçava. Inquieto por dentro, tanta coisa para decidir, para compreender no supermercado, na cidade. Mas logo passa a oscilar entre a preocupação e os momentos de puro entusiasmo, e por fim, não se deixa mais intimidar. Fala mais, às vezes até abusa das palavras. Antes, não era de sorrir, se exprimia com os olhos. Agora recolhe pequenas vitórias na prática e desconsidera a inveja e a má vontade de um ou outro funcionário do supermercado de ensinar para ele o serviço no dia a dia, só por ser o genro do patrão.

Saiu do povoado para renovar a vida. Talvez estudar para ser contador no escritório do sogro, ou informática para mexer em computadores, ou ainda ser mecânico de aviões; mas primeiro tem que terminar o supletivo, ir bem adiante do ler, escrever e contar que o seu Natalino tinha ensinado para ele no balcão da venda. O mundo escancarado, muito além do fundo do vale dos Encontrados.

No caminho para o trabalho Jonas repara nas formas geométricas, nas linhas retas dos prédios recortados pelo seu ângulo de visão, os carros alinhados nas ruas, os caminhões, as filas nos pontos de ônibus. O subir e descer do elevador. Organização com base em linhas retas. Às vezes busca o arredondado nas nuvens. Ou nos corpos de tamanhos e formas variadas, muito próximos uns dos outros, andando, correndo, esbarrando, os rostos de olhos rasgados e cabelos lisos, os pretos, os de olhos azuis, os mestiços; expressões fechadas ou sorridentes ou chorando, falando ou até mesmo gritando no celular (eles não largam do telefone; como não tropeçam na calçada ou topam uns com os outros ou com os ambulantes?).

A fumaça dos escapamentos pica por dentro das narinas, deixa um cheiro estranho e ruim na pele e nos cabelos de Jonas. Por vezes para na calçada, como em transe, só para sentir o som da cidade penetrando nos seus ouvidos, os ritmos tão mais explícitos que os da mata. Vê dezenas de rostos diferentes pelas ruas todos os dias. Fica impressionado, é só ir contando, eles não se repetem. Gosta da experiência do anonimato, do ser ninguém conhecido. Ninguém o cumprimenta na rua. É livre para fazer o que tiver vontade, não é vigiado ou cobrado. É estrangeiro, assim como todos. Enxerga vivacidade no caos das ruas.

Em casa, o prazer de acender a luz ao toque de um botão, o conforto de tomar um banho quente ao girar uma torneira; sentir a temperatura fria do ar fluindo ao abrir a porta da geladeira em um dia de calor, e encontrar variedade de alimentos; tão simples estender a mão e pegar alguma coisa para comer e beber, sem o desgaste da lida da pesca e da roça. Tirar do saco plástico um pêssego, lavar na água corrente, morder e sentir o sabor aveludado. Ou um suco de uva gelado que vem pronto em garrafa de vidro, e nem ter o trabalho de preparar. Ou queijo e presunto já em fatias para fazer um sanduíche com pão fresco. Abrir o freezer e admirar o estoque congelado (e os sabores) de carnes de diversos animais e a novidade dos peixes de água salgada, não mais os de rio. Jonas extasiado — e assustado, como quando ao tentar acender uma das bocas do fogão pela primeira vez, não reconheceu o cheiro do gás escapando. Por sorte Flora estava por perto. Percebeu o quanto ela ficou alarmada ao se dar conta do quanto ele ignorava sobre o morar em uma cidade.

A lembrança da primeira noite no apartamento — a primeira em frente ao mar. Depois de Flora e o bebê irem para o quarto, foi de novo para a varanda. Pelo guarda-corpo de vidro, estendeu-se de lado no chão e contemplou o oceano. Apetecia aproximar-se da sua vastidão, do aberto da noite-escura, do encanto dos filetes de espuma branca vistos do alto em contraste com o céu e o mar, chegando cadenciados à areia. A água salgada é viva, se mexe sozinha, cada onda de um jeito, invade a areia e depois se arrasta para trás. O mar tem querer.

É a sua primeira vez em tudo na cidade, mas a paixão pelo mar foi imediata; o poder e extensão imensos, sem nada para obrigá-lo a ter formato e a mudar os seus rumos, as ondas se transformando em zilhões de gotas sugadas pela areia, o oceano como cachoeiras na horizontal multiplicadas por si mesmas. Bravo, salgado, livre. A pele de Jonas agora rica em maresia.

Os carros deslizam pela avenida, lagartas de luzes vermelhas e brancas avançam sinuosamente. Às vezes irrompem músicas, até cantadas em outras línguas, o som aumentando e diminuindo conforme se aproximam e se afastam, machucando ou agradando os ouvidos de Jonas. Ao longe, risadas e gritos das pessoas saindo dos bares à beira da praia. Sua mente veloz gostaria de imaginar qual o destino daquela gente. Pensou na mãe lá na mata, quis contar para ela sobre a cidade, dividir o entusiasmo e o fascínio. Por alguns instantes esquece o que ela tinha feito. Consciente da sua perda, em seguida recebe a tristeza. De qualquer jeito, ela não ia compreender aquele mundo sem visualizá-lo. Vai para o quarto juntar-se à Flora e Samuelzinho.

De manhã, assim que tem uma chance Jonas vai até a varanda. O ar fresco, um quase vento, o grito das gaivotas. Não consegue calcular a que distância estão, do mesmo jeito que pelo canto sabia onde estavam as zabelês na mata. Ia aprender. Mas reconhece que não teria tanta utilidade assim em uma cidade grande. O que fazer, como usar as habilidades que assimilou a sua vida inteira até aquele momento, na floresta, nos rios? Pescar, plantar, caçar às vezes? Pouca coisa. Pode fazer uso da sua persistência e firmeza; quanto ao resto, precisa aprender o jeito das cidades do zero.

Faria o que fosse preciso para permanecer ali, não importa como.

...

Ela entra em casa, coloca a bolsa e a pasta sobre o móvel do hall de entrada e senta no chão da sala, para receber os bracinhos do filho em volta do pescoço. Samuelzinho vem na sua direção, caminha rápido, sorrindo, até alcançar a mãe.

É o ritual dos dois na volta de Flora do trabalho, algumas horas por dia, no escritório do supermercado do pai. Sem costume de separar-se do filho, aperta-o forte no abraço. Esquadrinha o menino, tentando adivinhar como passou o dia. Mas d. Olívia, cada vez mais embevecida com o papel de avó, conta as gracinhas que ele fez, o que comeu, o que aprendeu, como é inteligente e esperto.

Retomar a atividade que fazia antes de viajar e enraizar-se nos Encontrados significa aproximar-se do pai. Assim sente Flora. Mas o ponto que não a deixa em paz é que essa função tinha sido estabelecida para o aprendizado de Irmão, para substituir o pai no futuro. Ela apenas ocupa o vácuo. Mas luta diária e continuamente contra a mágoa. Talvez quando terminar a faculdade e assumir um cargo mais alto, receba reconhecimento.

Apesar de ter nascido e morado naquela cidade até adulta, tem a sensação de que acabou de chegar e tem tarefas a cumprir: reconstruir a relação com os pais, reconquistar os poucos amigos e habituar-se outra vez à proximidade do oceano e à convivência com o visgo da maresia e da culpa. Ela se sente em dobro, dupla, como se as suas raízes estivessem flutuando em água salobra, na confluência entre o rio dos Encontrados e o mar da sua cidade, incapaz de obscurecer o vilarejo e seus moradores. Sabe que deixou uma fatia de si própria em companhia de d. Mazé, talvez a melhor. Fatia de fato, porque permitiu ser cortada em duas.

Não imaginava que d. Olívia trataria o neto com tanto carinho e o genro com atenção. Com o convívio, percebe que a leve rudeza e impaciência, além de certa distância da mãe para com ela não tinha mudado, assim como a postura de que mãe que perde um filho é sagrada, não pode e não deve ser questionada quanto mais contrariada. É o que d. Olívia acredita. Flora começa a tomar consciência de que são uma família em busca da compaixão e da compreensão uns dos outros depois da morte de Irmão — porém é um estado que ainda não alcançaram.

Um dia vê a mãe cochilando em uma poltrona na varanda do apartamento e senta-se perto dela, em silêncio. Estuda a expressão levemente contraída do seu rosto, a brisa do mar levantando alguns fios dos seus cabelos, as rugas exibindo o sofrimento e o caminho das lágrimas. Flora, agora mãe, compreende um pouco mais essa dor. Com a morte, Irmão tinha se tornado eterno. Quase a perdoa.

Sente pânico de vez em quando ao acordar e refletir sobre as suas decisões e circunstâncias. Fixa os olhos no teto e reflete sobre o que tem pela frente: um filho para cuidar com amor, tarefa para todo o sempre; conviver com a verdadeira paixão de Jonas pela vida nova na cidade, da qual ela não compartilha nem de longe; a relação estremecida com a mãe, os modos rígidos do pai. Levantar para encarar outro dia de trabalho maçante, a brisa ininterrupta que não dá sossego, a visão dele, o peso da sua presença inalterada, colossal — basta ir à varanda do apartamento ou dobrar uma esquina. O oceano.

...

Tanto quanto Flora ao chegar no povoado, na cidade Jonas está cercado de palavras de significados desconhecidos e de melodias das diferentes formas de falar. Palavras, frases e até comportamentos necessitam de tradução e isso aproxima e diverte os dois. Flora relembra com Jonas que ela também passou por um aprendizado profundo nos Encontrados, desses que não acabam.

Os planos se estendem à frente deles, a escolher. Conversam sobre os seus trabalhos e sobre detalhes do cotidiano da cidade. Jonas tem ânsia de esclarecer o que não compreende; Flora vai ensinando o que sabe e explica aspectos importantes do negócio, além das tarefas que ele cumpre no cotidiano.

No início, ela controla o dinheiro, não deixa nada na mão dele, que quer comprar tudo. Andam de metrô, ônibus e táxi. Jonas sente constrangimento em ser conduzido por alguém. Desde menino tinha guiado o próprio barco e escolhido os próprios percursos. Na cidade, além de alguém o levar, decide o trajeto por ele.

Com o mesmo prazer que come pizza, rodízio de churrasco, paella, hambúrguer com batata frita, bacalhoada e salgadinhos de pacote, Jonas explora texturas e sabores da comida japonesa, frutas exóticas, chás importados e confeitaria francesa. Em pouco tempo maneja garfo, faca e hashis com a mesma habilidade de Flora.

Jonas via futebol na TV do bar de Saruê de vez em quando, mas nunca tinha assistido a filmes ou ido ao cinema. O tamanho das telas, a diversidade inesgotável de escolhas em streamings e canais de TV a cabo, as cores das imagens e o som possante o deixam impressionado; nada o seduz e comove tanto quanto concertos da orquestra sinfônica. Está totalmente imerso e dedicado às delícias e obstáculos das experiências inéditas; tanta coisa passa despercebida para Flora na vida urbana, ela nem nota; via com naturalidade o que para Jonas era formidável. Por meio dele, passa a enxergar as mesmas coisas de outra forma, na sua essência.

Ela está pasma por Jonas não ter receio de experimentar, e fazem tudo juntos; ele se entrega ao destino.

16

— Vocês já pensaram que pode ser que a alma do seu filho quer repousar? Vocês ficam sempre trazendo a lembrança do rapaz, falando toda hora, desse jeito vocês não descansam, as feridas da família não fecham, nem as dele. A senhora fica tirando pó das coisas, colocando as roupas dele no varal, d. Olívia, os tênis para tomar ar. Pensa que já não vi a senhora ali na área de serviço, olhando para a roupa pendurada e chorando? Às vezes passo pelo corredor e a porta do quarto está aberta, já vi o senhor, sr. Ulisses, pegando nos cadernos e nos livros, como se chamasse ele de volta. A Flora pensa demais no Irmão, fica triste, tem pesadelo; agora melhorou muito, mas não esquece. Essas coisas emperram de seguir a vida. Acho que deviam deixar a alma do rapaz descansar. Vocês todos são ele. Cada um é todos os outros, é tudo o mesmo sangue. Se sentirem isso, vão ver que ele não sumiu, não precisam visitar as coisas dele toda hora, ele já está dentro de vocês. Bom, é a minha opinião, estou só querendo ajudar.

Sob a tenda de praia, sentado na areia, Jonas retoma a brincadeira de fazer castelo com Samuelzinho.

Apesar do calor e da brisa morna à beira mar, Flora fica gelada, as mãos apertam os braços de alumínio da cadeira. Mexe os pés para frente e para trás, afundando, procurando escondê-los embaixo da areia, como faz um avestruz com a cabeça. Os pais, imóveis, atenção cravada em Jonas. Teme uma torrente de palavras da mãe, teme que o pai ofenda o seu marido. Afinal, seus pais poderiam concluir: como o genro, que mal chegou à família, ousa se imiscuir nas nossas dores? Falar o indizível assim, abertamente e com naturalidade, como se anos de sofrimento lapidado nada fossem? Fica aborrecida, por se ver ainda e mais uma vez se importando com o julgamento e o modo de pensar dos pais. Como um reflexo condicionado. Jonas está trazendo ar fresco pela primeira vez ao assunto sufocado por tantos anos, que asfixiava a harmonia.

O impacto das palavras de Jonas se agrega ao movimento e ao esforço que Flora e os pais têm feito para se aproximar do mar, para participarem da vida e das descobertas de Jonas e do neto. Flora reprime as lágrimas — nem águas, nem sal, nem areias são as mesmas — mas todos sabem que Irmão morreu ali.

A preocupação dela agora é Jonas. Ele sequer percebeu a extensão do que disse, a possibilidade de gerar consequências sérias. Mágoa. Desprezo. Ressentimento. Repulsa. Os pais podem expulsá-lo de casa, mesmo depois de quase dois anos de convivência. Ela teria que ir embora junto com o marido, claro. Ela e o filho. Mas para onde? Mudar de casa? Ou de cidade? Voltar?

Talvez voltar. Voltar. Voltar para Encontrados seria melhor. Devassado o interdito, o que ia acontecer?

— Mamãin, vem. Vem fazer castelo, ó, tá caindo ali, ó, ajuda a gente!

Flora desliza da cadeira e se senta entre Jonas e Samuelzinho, de costas para os pais. Continuam todos em silêncio.

...

No dia seguinte à ida à praia, chega em casa tarde para o jantar, depois do encontro com Jamile em um barzinho. A amiga confidente tinha sido a mentora da sua readaptação à cidade. Flora anseia pelos momentos com ela, quando se despe dos papéis de filha, mãe, esposa, estudante e profissional; resta ela própria, uma mulher de poucas certezas.

A conversa girou tanto sobre o que Jonas tinha falado no dia anterior, na praia, que Jamile ficou impaciente. Repete para Flora que não era possível controlar tudo, que não dá para monitorar a relação entre os pais e Jonas. E mudou de assunto.

Flora deixa a bolsa e a pasta sobre o móvel do hall de entrada e sente um aroma familiar vindo da sala de jantar; a recordação é fugidia. Talvez peixe assado.

A sala bem iluminada. Todas as cabeças voltam-se para ela, sorrindo. Os lábios de Samuelzinho brilhantes de azeite, uma fatia de pão na mão; d. Olívia com um guardanapo a postos para limpar a boca do neto; sr. Ulisses, garfo e faca em punho, o prato ainda repleto; Jonas, o prato quase vazio, parece prestes a repetir. No centro da mesa, badejo assado com molho de frutos do mar. Repara que o peixe está na mesma travessa grande, de porcelana portuguesa azul e branca, que ela não via sobre a mesa há anos. Súbito, a memória aclara: a família não comia aquele prato desde a morte de Irmão.

Foi como se a recordação de um jantar com a presença de Irmão se descolasse dela e se transferisse para aquela cena — no lugar em que ele costumava sentar, está Jonas. O azul da travessa, o formato do peixe, o vermelho do tomate, a cenoura cozida, em cubos, os sorrisos, o cheiro, tudo mais intenso e vivo. Distancia-se da emoção e rapidamente se pergunta: por que pedir para a cozinheira preparar o prato preferido de Irmão depois de tanto tempo e por que justo hoje? Para agradar Jonas? Para deixarem fluir e redirecionar o amor deles por Filho para Jonas, talvez, mesmo depois de ontem? Ou por causa de ontem. Jamile tem razão, não dá para controlar tudo.

— Venha logo, filha, o jantar vai esfriar. Samuelzinho, deixe a vovó limpar a boquinha, depois você dá um beijo na mamãe.

— Nossa, Flora, que delícia! Para mim peixe de água salgada sempre vai ser novidade, mesmo depois da gente ter pescado juntos no mar, não é, sr. Ulisses? Esse badejo é demais!

— Ficou muito bom. Estou contente que o meu genro aqui gostou.

— Gostei mesmo!

— Venha sentar, não fique aí de pé, filha. Você está achando estranho? É a receita de badejo que você está pensando, sim. Os comentários de ontem do Jonas me incomodaram. Não dormi direito, passei até mal. Depois comecei a refletir. Conversei com o seu pai, ele concordou comigo, chegamos à conclusão de que vamos nos esforçar para deixar a vida correr, fazer um empenho maior para aceitar o que aconteceu com Filho. Temos você aqui, nosso neto, nosso genro. Então resolvi que o jantar de hoje seria o prato que ele mais gostava.

— Obrigado pela consideração, d. Olívia, e agradeço a confiança, sr. Ulisses. Senta aqui, Flora.

— Vou lavar as mãos e já venho.

— Mamãin!

— Já volto para dar um monte de beijinhos em você, filho.

Flora entra no lavabo e encara o espelho, arfando. Enxerga uma mulher lutando para não chorar, controlar a surpresa e permitir-se o contentamento pela alforria da onipresença de Irmão. Mas pressente que Jonas foi ungido o novo Filho naquele jantar.

• • •

— É ciúmes, Flora, é isso? É ciúmes de mim com seus pais? Será que eu não mereço esses agrados, não?

— Pela milésima vez, você não está enxergando que não é uma questão de agrado? Eles estão colocando você no lugar do meu Irmão! Eles têm paparicado você do mesmo jeito que faziam com ele. E parece que você está adorando esse mimo todo!

— E daí se eu estou gostando? Quem é que não gosta? Você bem que gosta que eu sei. Quando a tia Mazé fazia tudo que podia para te agradar, você não reclamava, não, só faltava pedir mais. E outra coisa: o sr. Ulisses tem sido um pai para mim desde que a gente chegou. Eu não tive pai que me criasse e que me guiasse, esqueceu? Estou gostando mesmo! E a sua mãe me trata muito bem. Olha, pelo que eu estou vendo você exagera demais quando se queixa deles. Quer saber? Estou cansado de tanta briga!

— Não esqueci de nada, Jonas. Nem da falta que seu pai fez para você e nem do carinho que d. Mazé tem por mim e eu por ela, a saudade é enorme. O que você não entende é que estou assistindo a história se repetir! A história de amor dos meus pais pelo filho que perderam está retornando com você como personagem principal! E já sei que não tem espaço para mim nesse livro, Jonas. A sensação é que não saio do lugar, que a minha vida anda em círculos. Foi um erro vir para cá, Jonas! A gente estava tão bem nos Encontrados. Mesmo depois do que sua mãe fez...

— Não acho que foi erro nenhum. Estou muito bem aqui. Esse problema com os seus pais por causa do seu irmão: há quanto tempo a gente está junto e você nunca me contou direito como foi que ele morreu? É normal isso entre marido e mulher? Por que não relaxa comigo, parece que os seus pais têm mais confiança em mim do que em você. Como é que você quer que eu te entenda se não confia em mim?

— O problema também é esse: Você falou "estou" muito bem aqui, e não "estamos". E eu *não* estou bem aqui, já falei várias vezes. Você está interessado no meu Irmão, é assim tão importante para você? Então se é assim, vou contar.

O tecido grosso do silêncio recobre os pormenores da morte de Irmão. Ela sente uma leve tontura ao mergulhar nas lembranças e refletir por alguns instantes sobre o que a separa da situação em que viu Irmão morto, das batidas descompassadas do coração, da ânsia de vômito, do tropeço nas palavras daquele momento de desconcerto, da desavença com Jonas que vem se prolongando. Anos, minutos. Qual o sentido da repetição?

— Eu tinha onze anos; Irmão, dezesseis. Era sábado, dia de ir à praia, fomos caminhando, a palma quente e seca da mão dele no meu pescoço, guiando, protegendo. Nem sei por que ainda lembro desse detalhe.

O vento estava forte, encrespando as ondas, a maresia colava na pele. Eu não quis entrar na água, fiquei na areia, sentada na canga. Vi a silhueta escura de Irmão contra a luz branca do sol indo na direção das ondas, a uma certa distância. O oceano grande demais, o céu claro, a praia aberta e plana. A ventania arrastava grãos de areia e o cheiro de sal. Irmão entrou no mar e foi se afastando de mim, as ondas altas. O sol forte me obrigava a apertar os olhos tentando enxergar onde ele estava. O mar estava prateado, brilhante, eu tinha dificuldade em acompanhar Irmão nadando para o fundo. Ele estava indo tão longe. Mas os golfinhos. Os golfinhos, vários, saltando no horizonte, no outro canto da praia, me hipnotizaram, me distraíram, não sei por quanto tempo. Depois, quando procurei Irmão entre as ondas, ele tinha desaparecido.

Porque não gritei logo, não chamei alguém? Não sei, não sei até hoje porque fiquei imóvel, esperando, olhando para os lados, para o mar, para a avenida, ele não aparecia. Por que demorei tanto para chamar ajuda? Cheguei a pensar que eu queria me livrar de Irmão, ser a queridinha do papai e da mamãe, a preferida, ocupar esse lugar que era só dele. O favorito. Essa é a minha culpa, meu remorso e a minha dúvida, Jonas, que eu não quis contar para você naquele dia, na beira da fogueira. Mas acabei por me levantar. Corri. Ventava tanto que cortava a minha respiração. Os meus pés descalços na areia fofa, queimando, era penoso correr, o desespero impotente. Só lembro até esse momento, eu correndo na areia quente. Meus pais disseram que avisei o salva-vidas e que a polícia me levou para casa. Encontraram o endereço dentro da minha sacola, no documento da carteira de Irmão. Não lembro de nada. Guardo a imagem dele atravessando as ondas e dos saltos dos golfinhos. A areia branca e o sol de luz quase branca.

— Mas Flora...

— Espera só um pouquinho, Jonas, agora me deixa terminar. O meu pai foi chamado uns dias depois para reconhecer um corpo que tinha chegado na praia. Para confirmar se era o de Irmão. Chorei e berrei para que ele me deixasse ir junto. Queria ter certeza de que Irmão estava morto, de que aquilo não era um sonho mau. Mal sabia eu que um pesadelo gigantesco estava começando e que iria durar muito tempo na minha vida. Lembro do mormaço, da minha ansiedade, do medo. Fomos nos aproximando de um corpo todo torto, chapado na areia, parecia inchado. A bermuda era amarela, a cor que Irmão mais gostava.

De repente mudei de ideia, não queria mais ver nada. Agarrei o braço do meu pai com as duas mãos, virei o rosto, para logo em seguida espiar. O rosto era o dele, os olhos bem abertos, mas apagados. Dava para ver que ele tinha levado umas mordidas, não sei se de peixes, ou de caranguejos. O braço direito torcido, o cotovelo apontando para o céu. A pele dos braços, do peito e das coxas estava lanhada, talvez pelas rochas da ponta da praia ou pela tentativa de escalar para sair do mar por lá, mas a ondas não deixaram, puxaram o meu Irmão. Dava para ver que ele lutou. Ele era forte. Que agonia pensar na água entrando pelos pulmões, os redemoinhos das correntes arrastando meu Irmão para o fundo. Meu pesadelo, por anos a fio. Ele tinha conchas pequenas enroscadas nos cabelos. Por que me lembro das conchinhas, Jonas? Passei dias entorpecida pelo choque. Temia ser desmascarada, tinha deixado meu Irmão morrer, não gritei, não pedi socorro rápido. Talvez o meu Irmão tivesse sido salvo.

Depois que vi Irmão na areia, apaguei da memória as proporções do corpo dele. Lembro do seu perfil agudo de passarinho. Não sei mais o tamanho dos pés, o formato dos joelhos, a altura. Mas sinto nas mãos o toque dos cabelos encaracolados dele, que eu queria ter igual.

— Flora, essa perda é triste demais, mas você está demorando muito tempo para entender que você era só uma criança, que não pode ser culpada pela morte dele e nem de mais nada.

— Tudo isso guardei dentro de mim, Jonas, por anos. Depois do tormento de carregar essa culpa, tendo pesadelos, fazendo terapia; e depois a minha vida nos Encontrados, ter o seu amor e o da d. Mazé, o nascimento do Samuelzinho; e ainda conviver com os meus pais na nossa volta para cá — a ausência de Irmão está cada vez mais se tornando uma cicatriz.

17

Os pais de Flora entendem Jonas, não compreendem Flora. As expressões do rosto de Jonas eram claras e eloquentes; Flora tinha aprendido a esconder os sentimentos atrás de um rosto tranquilo, mas sério. No cotidiano, Flora, arredia, dando a impressão de estar contrariada; Jonas, habituado ao que era parco e simples, às vezes beirando a falta, era estranho a quaisquer outras dores que não o abandono pelo pai e a mágoa causada pela atitude da mãe contra Flora e Samuelzinho. Lembranças velhas, memória viva.

O sogro foi se fazendo próximo do genro, reencontrando o seu papel extraviado de pai e o entrega para Jonas, que o recebe de peito aberto: comportamento e opiniões paternais. Saudades de Filho, Jonas como filho. D. Olívia, em sua função de conselheira impositiva e enérgica, descobriu em Jonas um ouvir mais cordato, paciente e sequioso do que o da filha.

Sr. Ulisses entusiasmado com a dedicação e a vontade de Jonas em assimilar e realizar suas tarefas no trabalho, o seu empenho e progresso nos estudos durante os três anos desde a vinda deles dos Encontrados; considera o genro muito inteligente e um empreendedor nato. Para alegria do sogro, Jonas está fazendo um curso técnico em administração de empresas e pretende fazer um curso superior. Já Flora faz seu trabalho sem interesse, apenas o mínimo necessário. Largou a faculdade. Só estuda com prazer e faz cursos de fotografia, tem intenção de publicar um livro sobre o povoado. Uma grande decepção para os pais.

...

Sacode a bolsa para despejar o conteúdo sobre a cama. Flora está atrasada para o trabalho e não está achando a chave do carro. Na carteira preta estão o documento de identidade, a carteira de habilitação, o dinheiro, os cartões do banco, a carteirinha do convênio e uma fotografia de Samuelzinho; a *nécessaire* com batom, escova de cabelo, escova e pasta de dentes, lenços de papel, a chave da sua sala no escritório. Celular, carregador. Uma caderneta para anotações e duas canetas. Um livro de bolso de poemas. Analgésicos para dor de cabeça. Por fim, a chave do carro.

Quais destes objetos precisaria ter se morasse nos Encontrados? Chaves? Cartões? Carteira de convênio médico? Não se lembra de ter tido dor de cabeça nem uma vez no povoado. O livro, a caderneta e as canetas, sim, são necessários.

Tem saudades de d. Mazé — conta histórias e fala dela para o filho, mostra fotos, não quer que Samuelzinho a esqueça — sente falta das conversas e confidências à beira do fogão a lenha, dos ensinamentos dentro da floresta; do afeto sereno, sem exigências. Sente falta de d. Palmira, seu Natalino, seu Posidônio, dos outros convívios; o modo de viver e trabalhar, as histórias, as águas. Tinha nascido e crescido entre coisas macias e protetoras, sapatos que separam os pés do chão, carros que evitam desgaste de pernas e pés, carrinhos de supermercado que aliviam os braços do peso. O assoalho do apartamento que fica entre a terra e a casa, a banheira que aparta o corpo do rio. O teto que isola a vista das nuvens e estrelas. Não quer mais flores e plantas sem contexto, em vasos ou domesticadas em jardins; quer os fios de luz entrando pelo teto de palha ao amanhecer, antes que o dia inunde tudo. As árvores em taça, recebendo e recolhendo a chuva. As gotas d'água presas nas teias de aranha em forma de funil, espelhando o verde, só libertas pelo calor do sol. Os sons da mata vibrando na sua cabeça, se exibindo, habitam a sua memória ao lado das buzinas e do rumor das ondas do mar. O exílio dos Encontrados é conviver com a perda, todos os dias. Com mais uma perda. Imagina o filho aprendendo a subir nas árvores para brincar e colher frutas.

"As bocas abrem / sem sorriso / palavras duras". Devolve o livro dentro da bolsa, junto com tudo mais. As palavras duras. Os desentendimentos e discussões entre ela e Jonas se amontoam. Já há algum tempo ela vem pensando em voltar para os Encontrados, mas ainda não comentou com Jonas. Tem certeza de que ele não aprova a ideia. Ele gosta de onde está, fazendo o que faz, vivendo como vive. Flora guarda a sua vontade com cuidado, acalenta o anseio. Até quando?

Não tinha conseguido convencer os pais (e Jonas) a mudarem para uma casa só dos dois e do filho — a pressão, o argumento é que morando todos juntos, d. Olívia cuida de Samuelzinho enquanto Flora trabalha e faz seus cursos, e o casal economizaria dinheiro para o futuro. O apartamento é grande, acomoda muito bem a família. O que mais eles poderiam querer? Jonas ficou satisfeito com o arranjo. Flora não.

Cada vez mais, em seus pensamentos, não imagina futuro para ela fora dos Encontrados. E lá Samuelzinho teria uma infância linda. Fizeram uma tentativa de viver no litoral — não deu certo para Flora. Estar perto dos pais era quase igual a estar longe — o amor e expectativa deles tomaram a direção de Samuelzinho e de Jonas. Entre mãe, pai e Flora, a decepção e a indiferença tinha se disseminado como doença incurável. Flora se conformou em não atingir o que esperavam dela e em não receber deles o amor que gostaria. Não pretende voltar à faculdade de administração; não tem interesse nenhum no assunto hoje, assim como não tinha antes. Comprou uma câmera nova e só estuda fotografia, pratica com objetos e com Samuelzinho. Luz e sombra.

Abre a gaveta da cômoda, pega o maço de cartas de d. Mazé, uma pasta com folhas de papel digitadas e umas poucas fotos. Vai correndo para o trabalho.

· · ·

O andar do tempo e a força dos seus anseios mostram uma direção: a sua experiência nos Encontrados tinha deixado balizas concretas para uma vida íntegra, uma união entre afeto, trabalho útil e prazeroso em um lugar onde não era invisível. As suas ações repercutiram na comunidade, completam, cooperam. D. Mazé. Ela está envelhecendo, quem cuidaria dela daqui a alguns anos? Voltar?

Jamile e Márcio estão demorando a chegar. O bar começa a encher, mas é um local sossegado, os frequentadores em geral tranquilos. Poderiam conversar com calma.

Flora tem o que contar e mostrar. Afasta a taça de vinho, a travessa de bruschettas de tomate e manjericão e coloca o maço de cartas sobre a mesa. D. Mazé dita, seu Natalino escreve e leva no correio de Saruê ou na agência da Lagoa do Rudá quando vai buscar mantimentos e mercadorias. É ele quem lê as cartas de Flora para ela. Abre uma, depois outra e outra. Além das notícias dela e do povoado, todas trazem aconchego e saudade. A colheita do feijão. Seu Posidônio deu uma boa consertada no telhado. A neta mais velha de d. Palmira está indo na escola. Choveu muito. O irmão do Feliciano tinha ido embora dos Encontrados para uma cidade grande, da qual ela não lembra o nome. Cidades grandes são todas iguais.

Seleciona um trecho para ler para os amigos. Fica emocionada ao reler mais uma vez, ouvindo a voz de d. Mazé e relembrando a troca de afeto entre elas.

Diga para o meu sobrinho que está tudo bem com a Marlinda. Arisca como sempre, mas com boa saúde. Fiquei com uma dor de cabeça forte por uns três dias, mas nada que um chá forte de boldo com camomila de manhã e de noite não desse conta. O pessoal continua com saudade de você e do Jonas e querem saber tudo do Samuelzinho. Eles falam que falar dele por carta e só mandar fotografia não adianta. Também acho. Ficam perguntando quando vocês vêm fazer uma visita. Também pergunto: vocês vêm? Quando? A saudade é muita e já passou muito tempo que vocês foram. A sua casa está arrumadinha, cuido muito bem dela. Já está na hora.

Tira da pasta as páginas digitadas e algumas fotos. Aperta as folhas entre os dedos, orgulhosa de si mesma. Finalmente tinha conseguido sistematizar o projeto de um livro com depoimentos, histórias, receitas de remédios e chás e fotos dos moradores e dos Encontrados. As casas, a mata e as plantações. O rio e a cachoeira, os barcos. Tudo no lugar, no seu lugar.

Separa algumas fotografias para ilustrar o que tinha concebido. Jamile e Márcio conhecem os Encontrados, confia na sensibilidade e na opinião deles. Precisa da luz e dos pontos de vista objetivos que trariam. Só depois mostraria para Jonas. A vontade de criar outros livros, de voltar. Sabe que Jonas vai resistir. Quer saber o que os amigos pensam sobre a concretização dos seus desejos. E Samuelzinho?

18

— Não posso deixar você tirar as oportunidades do meu filho, eu só estou tendo depois de adulto, Flora, não quero isso para ele.
— Oportunidades do quê, me explica.
— Será que a gente não se entende mais, mesmo? Parece que eu estou falando língua de gringo.
— É sério, me explica.
— Você sabe muito bem, eu quero que ele tenha escola boa para estudar na idade certa, um médico para ir se ficar doente ou se machucar, quero que ele aproveite tudo o que de melhor a vida pode oferecer.
— Jonas, você percebe que está falando igual ao meu pai? Ou pior ainda, igualzinho à minha mãe? Você acha mesmo que

o melhor da vida é viver do jeito deles? Fico muito desapontada quando você diz essas coisas. Eu tinha uma expectativa de que você acolhesse os meus sonhos; não importa onde está a razão.

— É que você nem tem ideia de como é crescer passando falta das coisas. Só depois de morar aqui é que deu para saber o quanto que eu não tive, o quanto que eu perdi. Você também precisa entender os meus motivos.

Uma embriaguez, uma vertigem, afloram recordações e descobertas.

Na cidade, ele se vê rodeado das suas posses: desde cama, colchão, roupa de cama e dois travesseiros altos; desodorante, perfume e óculos de sol; guarda-roupa e cômoda com roupas variadas. Sapatos, tênis e meias. Tudo isso dentro de um quarto só seu e de Flora, e Samuelzinho tinha um quarto só dele, com brinquedos que ele nunca tinha visto ou sequer imaginado que existissem, em um apartamento grande, com vista para o ente mais poderoso com que tinha se defrontado na vida, o mar. Muito mais poderoso do que a cachoeira do Vale dos Encontrados. Lembrou-se da paixão instantânea, de observar o ímpeto incontrolável das ondas, a expressão da eternidade em movimentos sem pausa; a areia inconstante, soando ao seu andar. Ter o cheiro e a amplidão do oceano tão perto o encanta; nascido e crescido em um vale entre altas montanhas (muralhas?), tudo isso era mais do que beleza — era libertação. Não sabia que conhecia tão pouco do mundo, era a primeira vez de tantas coisas.

Situações (agora) simples e comuns, como chegar em casa depois do trabalho e da escola, cansado, sentar-se em um dos dois enormes sofás macios, esticar as pernas, pegar o controle remoto e ligar a televisão gigante, zapear até encontrar algo para assistir, qualquer programa ou filme, comendo alguma coisa frita e gostosa. Usufruir esse dia a dia era experimentar fazer parte da civilização, enxergar alternativas para o futuro, vivenciar as próprias transformações. Jonas tinha apreendido mais do seu entorno pela observação do que por explicações cheias de palavras.

Encontrados não basta.

Na casa dos pais de Flora, dos avós do seu filho. Por que não ficar? Estava estudando, trabalhando, podia comprar mais e outras coisas. Não ia se apartar de tantas possibilidades. A grandeza da cidade, os vilarejos empilhados em prédios. A velocidade ao andar de carro na avenida à beira mar à noite, o vento acompanhado da maresia entrando pelas janelas, as luzes alaranjadas dos postes deslizando. Esse é um mundo além daquele de onde veio, e é seu lugar.

Gostaria que Flora o apoiasse, entendesse as suas aspirações. Por que ela quer voltar para os Encontrados? Ele aprendeu a andar de bicicleta. Tem lugar no depósito da garagem do prédio para guardá-la. Até isso. Comprou com o seu salário e paga os estudos também. E consegue economizar, um pouquinho só por mês, para comprar um carro. Usado, claro; bem usado, mas seria o carro dele. Não tinha contado o seu plano para Flora ainda, sabe que ela não iria concordar. Mas por que não? Por que não podia ter um carro? Por que não podia ter vontade de possuir um carro?

E os pais de Flora estão cuidando dele como de um filho — Filho.

...

A ansiedade a faz inalar fundo pela boca seca, a vontade de voltar para os Encontrados e a hesitação girando no peito, o domínio de uma ou outra decisão a cada momento e... o que dizer para Jonas?

Ela anseia por compreensão, porém não quer se explicar mais uma vez, as palavras murchando, desistindo de sair. Não quer depender de ninguém, nem dos pais, nem de Jonas, nem do amor. No vilarejo descobriu o prazer do experimentar, da ousadia.

E de fotografar matizes de cores e sentimentos. Continuar o registro dos relatos de histórias de vida que os moradores gostam de contar, sobre o passado e o presente. As expectativas deles para futuro anotadas nos cadernos novos que ia levar.

Conversar em volta do fogão a lenha, comendo milho assado e batata-doce. Continuar a aprender os remédios da floresta com d. Mazé. Saudades do carinho. Deitar na rede, enroscada, e assistir a luz da lua varrendo as montanhas sem pressa. Samuelzinho brincando com as crianças de lá. As pedras e o rio ao seu alcance.

Trocar o modo de vida estéril pela terra fértil dos Encontrados, por ela e pelo filho. Escapar do redemoinho do cotidiano no trabalho lidando apenas com listas de procedimentos que ao final se reduzem a números. A busca do que é simples. Difícil explicar esta palavra; nem sempre é sinônimo de "pouco" ou de "desvalido". A opção pela simplicidade é sentir-se plena e forte perante o que se apresenta, seja frugal ou abundante.

Flora sente falta de enxergar a finalidade de uma tarefa e de testemunhar seu resultado, sentir-se útil. O conhecimento e o prazer que essa sua vivência trouxe abriram as portas para dúvidas sobre dever, caminho lógico e esperado e prático, sobre o que cobravam dela, do 'tem quê, do 'é preciso', do 'sou obrigada a'. Quer se virar do avesso, trocar o peso pela alegria.

No isolamento do povoado e longe da pressão da família, dos negócios do pai, da cidade, do mar, da faculdade, dos poucos amigos, ela pôde se diferenciar de Irmão e fazer as suas escolhas. Um isolamento iluminado.

Flora tinha se preocupado que Jonas perdesse a sua identidade quando mudassem para o litoral. Mas, pelo contrário, ele a encontrou. Ela é quem não cabe ali, está fora de lugar. O seu tempo nos Encontrados não tinha chegado ao fim.

Os dois não estão mais vivendo a mesma história: o cenário com o mar ao fundo é o mesmo, mas os enredos apontam para direções opostas. Expressões resolutas, falam num tom de voz baixo, as vozes enfraquecidas pela emoção.

— Corri um risco ao me envolver com você, eu me deixei levar quando tudo dizia que poderia dar errado. Mas o amor sempre vale a pena. Temos o nosso filho.

— Também entreguei tudo de mim para você, Flora, não dá para tomar de volta. O meu amor é seu. Mas não se engane não, as dúvidas e as certezas são iguais para nós dois.

— Talvez sim, Jonas; quem viaja, quem parte, ao voltar, nunca é a mesma pessoa. E nós sempre gostamos de nos comparar, não é? Acho que nos apaixonamos pelas nossas diferenças, mas temos uma coisa parecida: nos entregamos de corpo e alma à experiência de viver em lugares totalmente diferentes dos da nossa origem. Nisso somos muito iguais. Você não vai se separar dessa vida, não é?

— Vou escolher ficar aqui, Flora.

— Minha escolha é voltar para os Encontrados, Jonas. Como diz o poeta, se faz o caminho ao andar. Samuelzinho vai comigo, não vou abrir mão do meu filho.

19

O elevador sobe zunindo.

O brilho metálico e dissimulado do aço escovado e dos espelhos toldam a visão de Flora. Ela olha para baixo, não quer enxergar a expressão preocupada no rosto que sabe estar exibindo. Ao contrário do esperado em um edifício comercial, ela está sozinha entre aquelas quatro paredes em movimento. O andar do escritório de advocacia é o último.

Os seus passos ressoam no piso de granito preto do corredor. Demora um pouco para apertar a campainha que anunciaria a sua chegada. A placa e os nomes *Cintra Filho & Albuquerque Advogados Associados* reluzem em dourado na porta de madeira escura.

Dobra o envelope com a carta em muitas partes, até transformá-lo em um quadradinho, e o joga dentro da bolsa. A finalidade da correspondência era solicitar a sua presença em uma reunião para tratarem de assuntos familiares de seu interesse.

São os advogados dos pais. Não sabe o que estariam, de fato, urdindo contra ela.

A conversa entre Jonas, Flora e seus pais sobre a sua decisão de voltar para os Encontrados levando Samuelzinho tinha sido penosa, abarrotada de ressentimentos novos e antigos. A convivência de relativa serenidade entre filha e pais nos três últimos anos havia ruído. Talvez a motivação da trégua se devesse à existência de Samuelzinho e de Jonas. A firmeza demonstrada pelo genro em permanecer na cidade foi inteiramente apoiada por d. Olívia e sr. Ulisses. Estão inconformados com a determinação de Flora; ela seria tão egocêntrica a ponto de levar o menino para um lugar onde não há escolas, não há médicos nem hospitais, e sequer eletricidade e água encanada? Nem camas em casas de tijolos? Um vilarejo isolado na floresta. Toda sorte de doenças transmitidas por mosquitos e bichos peçonhentos. Sem contar com a possibilidade de ataques de animais selvagens.

Não estavam se falando há uns dias, apenas mantinham as aparências na frente de Samuelzinho. A chegada da carta trouxe o temor de que os pais estariam tramando alguma coisa. E qual seria a posição de Jonas?

...

— Mãe, vamos conversar. Dessa vez você vai me ouvir sem me interromper, por favor.

— Não vou admitir de jeito nenhum que você me desrespeite.

— Por favor, mãe. Não vou desrespeitar ninguém. Não mais do que fui desrespeitada por vocês, fique tranquila. Acabei de voltar do escritório do pai do Márcio, o meu amigo. O Dr. Henrique é advogado. Fui falar com ele sobre a tentativa de vocês me intimidarem.

— Não foi intimidação, Flora; só achamos que os nossos advogados convenceriam você, esclareceriam de forma compreensível, o que seu pai, eu e o Jonas não tínhamos conseguido explicar — que você precisa pensar é no bem do seu filho, e não no seu. A prioridade é Samuelzinho, e não as suas andanças. E que se a sua escolha for realmente essa, você deve deixar o meu neto conosco e ir embora sozinha para viver as suas aventuras.

— Ah, e a ameaça de tirar a guarda do meu filho e passar para o Jonas, sob o "amparo dos avós" não é intimidação? Que absurdo foi esse? Tenho certeza de que a ideia foi sua! E como você conseguiu arrastar o Jonas para essa loucura?

— Você está exagerando, Flora. E dramatizando como sempre. Seria apenas um arranjo legal para garantir a continuidade da educação, da vida escolar de Samuelzinho, de forma organizada e sem interrupções. E ter a saúde dele bem cuidada. Além do mais ele está acostumado à vida daqui, à escolinha, aos amiguinhos, às idas à praia, ao carinho dos avós e do pai. E você sabe que podemos arcar com os custos das melhores escolas. Você quer privar o seu filho disso tudo? Se ele for picado por uma cobra você vai dar um chazinho? Você tem que reconhecer que estamos com a razão!

— Não preciso da sua ironia, mãe. O dr. Henrique disse que isso não existe, que não é tão simples, que vocês não vão tirar o meu filho de mim assim tão fácil. Não vou permitir que vocês transformem o Samuelzinho em um substituto de Irmão.

— Não traga o meu Filho para a conversa. Ele não merece a sua hostilidade, que Deus o tenha... seu pai e eu não queremos perder mais um menino. Você quer levar o meu neto para um lugar sem recurso nenhum; vai desestabilizar a rotina da criança,

tirar da convivência com o pai e com os avós. E como você vai sustentar o menino? O que um juiz acharia disso, hein? Que a mãe da criança é uma irresponsável egoísta! Vamos ver!
— Vamos ver mesmo, mãe. Vocês não me dão valor. Essa atitude é mais uma prova de que vocês não confiam em mim, no meu julgamento. Samuelzinho vai adorar essa mudança, lá é o lugar ideal para uma criança crescer sem medo, sem a pressão do cotidiano daqui. Nem vocês, nem advogados, nem juízes precisam se preocupar com o sustento dele, vou viver com muito pouco; o dinheiro não dita as regras nos Encontrados, é um outro privilégio de morar lá. Eu economizei nesse meu período aqui e todo pai é obrigado a pagar pensão. Agora só quero entender como Jonas caiu nesse engodo.
— E como você vai justificar essa sua escolha para o Samuelzinho, separar o filho do pai? Ele vai cobrar a mãe no futuro, pode ter certeza.
— Quero fazer alguma coisa de bom para mostrar para o meu filho, algo em que ele possa se mirar: o projeto que eu decidi fazer lá e que vocês não reconhecem nenhum mérito; a minha escolha de voltar para os Encontrados é por mim e por ele, mãe, é a minha verdade, é ser honesta comigo, é a minha coragem de mudar para cumprir o meu desejo pela primeira vez na vida. Samuelzinho me dá a força de que eu preciso para ultrapassar as minhas próprias fronteiras, por dentro e por fora. É isso que a minha escolha vai ensinar para ele.

• • •

— Que ingenuidade a sua de acreditar nos meus pais, Jonas; você escondeu de mim, não me contou a história dos advogados!
— Você estava decidida, não queria ouvir a opinião de ninguém. Por que é que eu ia desconfiar deles, Flora?

— A pergunta é outra. A pergunta é: por que você não confiou em mim? Eles aproveitaram que você não compreendeu todas as implicações. Eles queriam tirar o Samuelzinho de mim!

— É verdade, eles não me explicaram com essas palavras, mas não foi por mal, você sempre acha que eles não têm boas intenções.

— Você está gostando de fazer o papel de filho deles.

— Não fala bobagem, Flora.

— Pensa nisso, Jonas. Se não quiser admitir, tudo bem. Faça como quiser, só tenha isso em mente para eles não manipularem você demais, agora que vão ser só vocês três.

— Chega de briga, chega de ficar repetindo esse assunto mil vezes, já cansou, vamos acertar as coisas entre a gente. Você também tem que respeitar a minha vontade, Flora; sou o pai dele. Fica combinado: você me garante que antes da época do Samuelzinho entrar no primeiro ano a gente volta a falar sobre isso? Eu quero que o meu filho estude em escola boa, quero que ele tenha todas as oportunidades, não vou abrir mão disso. E você vai trazer ele aqui para me visitar, e visitar os avós?

— Claro, Jonas. E você também pode visitar a gente.

— Flora, me dá a sua mão, vamos fingir que a gente se ama do mesmo jeito de antes. Fingir não, acho que a gente nem precisa fingir muito. Depois de tanta discussão, de tanto mal entendido, fiquei pensando em dizer para você o que eu sinto com essas palavras, assim: o nosso problema não é de falta de amor, é de biologia e de geografia: as nossas raízes estão trocando de lugar.

20

— Mamãin, tá chegando?
— Você acabou de perguntar. Desse jeito vai demorar mais ainda.
— Vai mesmo?
— Não, estou brincando com você, meu amorzinho. Nós estamos passeando, viajando. É bom a gente aproveitar o caminho. Não foi gostoso viajar de avião?
— O frio na barriga foi gostoso.
— E as casas e os prédios ficando pequenininhos, o mar ficando longe, nós dois por cima das nuvens?
— Foi legal.
— Então. Agora a gente tem a janela do ônibus para ver a estrada, o chão, as árvores correndo. O que tem lá fora? Olha, olha

ali no céu, dá para ver uns pássaros voando redondo lá no alto. Devem ser urubus. No avião a gente estava mais alto do que eles. Samuelzinho, sorrindo, aperta o nariz contra o vidro para enxergar melhor.

...

Na Lagoa do Rudá, vila das suas chegadas e partidas, Flora se instala com Samuelzinho na mesma pousada simples onde uma população variada de funcionários públicos viajando a trabalho, representantes comerciais, turistas e mochileiros descansa da viagem longa e bastante cansativa da capital até a boca da mata, no início das trilhas. O mesmo lugar em que em ocasiões diferentes os seus amigos Márcio e Jamile, seus pais, Jonas, ela e Samuelzinho tinham se hospedado.

Ao lado do filho adormecido, Flora está insone, remoendo incertezas. Como seria esse retorno? Como seriam recebidos pelos habitantes dos Encontrados depois desse tempo todo? Quanto tempo Samuelzinho levaria para se adaptar? Nem consegue imaginar se seria possível algum tipo de convivência saudável com d. Marlinda, já que ela tinha sido em parte a causa da partida deles para o litoral. Não poderia separar a avó do neto em um povoado tão pequeno. O quanto d. Marlinda a culparia por Jonas não ter regressado? Ela e Samuelzinho se dariam bem? Mas Flora sempre teria d. Mazé.

Resolve deixar a maior parte da bagagem guardada na pousada, viria buscar mais para a frente, com a ajuda de alguém. Livros infantis e infantojuvenis para iniciar uma pequena biblioteca (Jamile ia ajudar nesse projeto), cadernos, canetas e lápis de cor para presentear as crianças, as que ela já conhecia e as que tinham nascido depois da sua partida. Tinha aprimorado o equipamento fotográfico com a orientação recebida nos cursos.

Um abajur e uma lanterna recarregável à energia solar para d. Mazé; talvez ela não se acostumasse, achasse claro demais. Talvez dissesse que a noite foi feita para ser escura. Mas os apetrechos de cozinha ela não ia recusar, com certeza.

No dia seguinte foi bom rever Feliciano, o funcionário da pousada; o primeiro rosto que a reconhece, sorridente; aperta a mão de Samuelzinho, que, envergonhado, olha para a mãe em busca de explicação para interpretar aquele gesto. O rapaz os leva de jipe até próximo da trilha que desce até o povoado.

Flora carrega uma mochila apenas com o necessário para uns três ou quatro dias, sabe que o filho vai pedir colo, a descida vai ser demorada.

O jipe segue de volta para Lagoa do Rudá. Absorta, Flora desfruta da amplidão — os picos altivos da outra serra, ao longe, e o silêncio deixado no lugar antes ocupado pelo barulho do motor. Aos poucos, a quietude é tomada pelo canto de pássaros; ela ouve gavião, saíra, tietinga, tangará.

O sol esfuziante é menor do que o prazer antecipado de Flora.

Sente um puxão na camiseta, Samuelzinho está tentando chamar sua atenção, pedindo água. Em seguida ela coloca um chapéu, põe um boné no menino, e estão prontos para o percurso.

Andam pela estrada até Flora visualizar no lado esquerdo o vale coberto pela mata; de imediato ressurge a imagem de um útero verde por dentro, a mesma que imaginou ao se aproximarem do início dessa trilha pela primeira vez, há pouco mais de cinco anos, ela com o pé machucado. Nada mudou no panorama das estreitas tiras de fumaça difusa, assinalando a presença das casas dispersas pela extensão do povoado, bem no fundo do vale. Cada fumaça um fogão a lenha.

Descem devagar, de mãos dadas. A mãe vai apresentando ao filho algumas plantas; ele fica impressionado com os espinhos das frutas e folhas da lobeira e das unhas-de-gato. A cada vez que a trilha estreita um pouco Samuelzinho pede colo, não quer se arranhar.

Quando se acercam do chão batido e plano do final da trilha e avistam a clareira, ele solta da mão de Flora e vai correndo até a casinha de duas janelas, junto à montanha. Sobe os degraus da entrada e para em frente à porta fechada.

— Você nasceu nessa casa, Samuelzinho. É aqui que vamos morar.

— Cadê a chave, mãin? Quero entrar. Eu nasci aqui mesmo?

— Nasceu, filho. Você brincou nesse jardim, nessa clareira; você gostava de sentar na raiz dessa árvore aqui. Mas você não lembra, você só tinha um aninho, mais ou menos.

— Quero entrar, mãin, estou cansado.

— Não vamos entrar agora. A casa deve estar empoeirada, acho que as redes para a gente dormir não estão aqui também. A mamãe precisa deixar tudo arrumado e limpo primeiro. Aqui é o nosso lugar, Samuelzinho. Mas antes vamos dormir uns dias na casa da tia Mazé, você já vai descansar.

— Lá eu vou poder brincar de procurar o tesouro?

— Vai sim. Sabe que eu e seu tio, meu Irmão, a gente brincava de procurar tesouros?

— Onde ele está?

— Agora ele mora só nas nossas lembranças.

— Mas eu não lembro dele.

— Eu vou contar tudo sobre o seu tio, assim você vai lembrar dele também.

Recordar Irmão, celebrar a sua vida, não mais esconder a memória em pesadelos.

— Agora vamos, Samuelzinho. Vamos fazer uma surpresa para a tia Mazé.

...

D. Mazé e Flora olham para Samuelzinho balançando na rede, à luz trêmula do fogo do fogão à lenha, canecas de chá de capim-santo nas mãos.

— Ele está moído, daqui a pouco cai de sono.

— A viagem é longa. Por isso resolvi dormir uma noite na Lagoa do Rudá. Mesmo assim é desgastante.

— Samuelzinho tem a testa e os olhos do meu sobrinho. E o tipo de corpo dele. Menino forte, está bonito.

— É atirado como o pai.

— Jonas não quis voltar, acho que ele se perdeu na largueza do mar. Vai ver que a história dele está mesmo lá, longe dos Encontrados. E você dá flor aqui na mata, não dá flor no litoral. Acertei? E trouxe de volta o seu fruto junto com você. Vai ver que a sua planta completa está aqui, com raiz e tudo.

— A gente precisa encontrar um lugar e a companhia das pessoas com quem a gente pode trocar, de quem a gente gosta, não é? Aqui vivo a parte melhor de mim, d. Mazé. Quero me realizar, me entregar, fazer coisas que dão prazer.

— É isso, menina. Até mesmo uma pena que o vento leva uma hora tem que pousar em algum lugar. Fico contente demais que você pousou aqui.

— Também fico. D. Mazé, até hoje não sei a história do povoado. A senhora ficou de me contar e nunca mais falamos desse assunto.

— Verdade, menina. Está certo, vou contar uma história. Você sabe que cada acontecido tem muitas histórias; elas nunca são arrematadas, tem umas partes que somem, tem umas partes que aparecem quando as pessoas vão contando, quando o tempo vai passando. E ainda tem gente que esconde pedaço ruim, só escolhe o melhor para contar. Tem gente que começa junto e acaba separado. E também tem mais de um começo, porque as histórias nunca começam uma vez só e nem num lugar só.

Sei da história do jeito que mãe contou pra mim e pra Marlinda. Ela falava que as primeiras pessoas que chegaram foi um preto fugido de fazenda com a mulher, uma índia de uma tribo de longe. Fizeram casa e começaram roça de mandioca. Aí diz que depois de uns anos, vieram outros pretos subindo o rio e encontraram o casal, que tinha tido três filhas e já estavam grandinhas. E como esse vale era longe e escondido de tudo, eles começaram a chamar aqui do nome de Os Encontrados. O primeiro branco chegou logo depois, só queria fazer comércio mas acabou ficando por aqui; vieram também mais índios descendo a montanha do lado de lá do rio, também fugindo dos brancos. E gente de toda a cor que não gosta de cidade também veio para cá.

Os meus bisavós eram pai preto e mãe branca, muito pobres, passando fome. Chegaram procurando abrigo e um lugar para ganhar o pão. Começaram a trabalhar, a bater enxada o dia inteiro; a terra é boa e no rio tem peixe farto. Tiravam o sustento e às vezes sobrava pra trocar com os vizinhos. Foram criando raiz por aqui, formaram família grande.

E acabou que nosso vilarejo ficou sendo de gentes misturadas vindas de bastantes partes.

Pois é, menina, foi assim. E você e o Samuelzinho são daqui, da história dos Encontrados. E pra pensar no futuro da família, só sei dizer que aprendi na vida uma coisa: que o amor às vezes fica dormente, e depois pode ser que acorde; e só fica na nossa vida quem tem de ficar. Os outros vão tudo embora pra outros lugares.

© 2023, Leonor Cione

Todos os direitos desta edição reservados à
Laranja Original Editora e Produtora Eireli.

www.laranjaoriginal.com.br

Edição e revisão **Filipe Moreau e Bruna Lima**
Projeto gráfico **Arquivo [Hannah Uesugi e Pedro Botton]**
Foto de capa **Amal Abdulla / Unsplash**
Foto da autora **Gonçalo Cione**
Produção executiva **Bruna Lima**

Dados Internacionais de Catalogação na Publicação (CIP)
(Câmara Brasileira do Livro, SP, Brasil)

Cione, Leonor [1957–]
    Encontrados / Leonor Cione;
    prefácio Rodrigo Petronio — 1ª ed. —
    São Paulo, SP: Editora Laranja Original,
    2023. — (Coleção Prosa de Cor; v. 14)

    ISBN 978-65-86042-84-9

    1. Romance brasileiro
    I. Petronio, Rodrigo. II. Título. III. Série.

23-174282   CDD-B869.3

Índices para catálogo sistemático:
    1. Romances: Literatura brasileira B869.3

Cibele Maria Dias — Bibliotecária — CRB 8/9427

COLEÇÃO **PROSA DE COR**

Flores de beira de estrada
Marcelo Soriano

A passagem invisível
Chico Lopes

Sete relatos enredados na cidade do Recife
José Alfredo Santos Abrão

Aboio — Oito contos e uma novela
João Meirelles Filho

À flor da pele
Krishnamurti Góes dos Anjos

Liame
Cláudio Furtado

A ponte no nevoeiro
Chico Lopes

Terra dividida
Eltânia André

Café-teatro
Ian Uviedo

Insensatez
Cláudio Furtado

Diário dos mundos
Letícia Soares & Eltânia André

O acorde insensível de Deus
Edmar Monteiro Filho

Cães noturnos
Ivan Nery Cardoso

Encontrados
Leonor Cione

Fonte **Tiempos**
Papel **Pólen Bold 90 g/m²**
Impressão **PSi7 / Book7**
Tiragem **200**